主编 凌翔　　　　　　　　　　　新时代精品朗诵诗选

你好，官鹅

袁春醒 著

中国民族文化出版社

北京

版权所有　侵权必究

图书在版编目（CIP）数据

你好，官鹅 / 袁春醒著. — 北京：中国民族文化出版社有限公司，2019.12
ISBN 978-7-5122-1291-6

Ⅰ.①你… Ⅱ.①袁… Ⅲ.①诗集—中国—当代 Ⅳ.①I227

中国版本图书馆CIP数据核字（2019）第284998号

书　名：你好，官鹅
作　者：袁春醒
责　编：王　华
出　版：中国民族文化出版社
地　址：北京东城区和平里北街14号（100013）
发　行：010-64211754　84250639
印　刷：唐山楠萍印务有限公司
开　本：710mm×1000mm　1/16
印　张：17
字　数：200千字
版　次：2019年12月第1版第1次印刷
书　号：ISBN 978-7-5122-1291-6
定　价：59.80元

官鹅春夏，玉指年华，一曲飞泓
祥云莲花，山渺渺，若只如初见

静水流深，风情良辰，道声声慢
落花伊人，雨霏霏，若心有灵犀

序言

诗如本心，于宁静中取繁花一束……

人们对于生命情感的认知，或悠然、或欣喜、或愁郁、或敞怀、或悲泣的体悟，便是最美的你，诗。

我这样认为诗，抛开节奏和格律，这是在创作初期的情感意动。那时，我想要表达的是流淌在自然深处静而乎静、动而乎动的晶莹，笨拙的形体和粗糙的意境，形成了最初的模样。

"远眺，芦苇/深入，一篙/晚霞，小船/随风摇/波声萧萧/自谱曲调/粼粼起落/原上穗絮飘/老人眉舒须潇潇/孩童戏水乐淘淘/亭，是一壶清茶/不请/自有道/远眺，芦苇/深入一篙/浅吟/嘘/一声鸣叫"这是最初的故乡记忆。这种情感浸在骨子里，成为生命的一部分。生命是一个偌大的圆，所有经历的，不论或深或浅，或明或暗，都会有一段精彩的印记，这应该就是自己写诗的乡土味道。这样的情感没有过多的联想和修饰，应该是那时一颗简单看世界的心。

理性在诗的牵动之下，就会带来一种对于自然的和生命的探寻，找到更纯净的自己和自己更纯净的灵魂。就像在一股清流之中的那一束光，引导着生命内省的光芒。

"能静下来，坐下/感受周身的阳光/周身的风，周身的鸟鸣/能静下来，静下/感受，生命的静/一声，两声的回音/能听见，自然的呢喃/

能静下来，安生……你的感知，慢慢的静／世界，就轻了"静下来，在这个世界，是人们浮躁而又不安的心。

　　自然的感知和形体之间，往往产生于一种孤寂和孤寂中对生命理性的审视。自然的模样就在那里，从你的心改变的那一刻，自然就变了，生命和自然的连动，是一段美丽的传奇，能量的密码就在其中。

　　"时间，沉默着／世间的爱与恨，憎与恶／像充满希冀的空气／坚硬的骨头在那里／燃起的星火掠过黑夜／向上涌动的生机／奋力在生命的天空／双手捧住，操练之灵／审视是一种命运的纠缠／日夜不安，来自／变化的裂痛，大部分时间里／冷静冲撞着激情／在决裂矛盾和痛苦之间，获得／清醒的灵魂"对于形体之间和生命之约，对于人性的善念，虔诚和挣扎，那内省之光，是形体和生命磨砺后的结果，还是冲破了某种命运的规则而获得的新生。这也许就是我所尝试追寻的理性和对于自然和生命的认知，也是诗歌层次的开端。

　　"窄小的温情，子宫／孕育，一个人的身躯……灵魂的身躯，住过／最好的房子，就在，就在／血淋淋的怀里，你／藏在心里，良久／不做回答"感恩，是一切情感的开端，生命的赋予，才有了自然的赋予和凝聚。这是每一位诗者的创作中最美丽，也是最有魅力的部分。因为恩情，所以感知的世界有了色彩。因为恩情，笔下的风景有了生命。不管创作到哪一个阶段，感恩，是创作最丰富也是最珍贵的源泉。

　　浅显拙笔，是为序！

袁春醒

2019 年 8 月于岷江之畔

目 录

第一辑 春

那年，一曲《醉落魄》记否　002
官鹅恋曲（组诗）　004
官鹅的春　009
倾情之色　010
春天的官鹅　013
春夜，月醒　015
四月，官鹅春衫薄　017
停摆的月光思念　019
你好，官鹅　021

晚归雨，落花　022
官鹅清思　024
春事　042
初雨写画　044
希望　045
一缕乡调　047
细雨，飘落的时节　049
景色（外一首）　051
晨曦的波动　053

风吹麦浪　054
静下来了，安生　056
你在路上，看世界　057
远方的父亲　059

第二辑　夏

你是我一辈子读不尽的乡愁　062
山崖边的小诗　064
官鹅的清涧　066
官鹅沟之恋　068
蝴蝶·泉　091
恩，和一滴乳　092
花开之时　094
人间的五月　096
官鹅，轻风沉醉的晚上　098
生命之光　100
生命之爱　103
蝉音之心　105
官鹅日记　107
官鹅的心事　112
官鹅，你的底色　114
小春，不语　116
凡尘，和你有约　117

第三辑　秋

岁月的眷恋　120
六月，滚烫在心间　123
山和湖　125
官鹅的秋　127
小秋有色　130
故乡情（外一首）　131
读诗之美　134
花香女子　136
八月，和你的远方　138
繁星灼灼，一曲春水相忘　140
风景：思想者（组诗）　149
秋色如焰　154
清声秋雨后　156
官鹅的夜　157
秋歌　158
月亮，从天上来到人间　160

第四辑　冬

松塔　164
写意之生　166
雪思　167
雪落的寂寥　169
禅结　171

雪是春天的花（外一首） 173
时光，在我生命中逝去 175
雪·阳光 178
千山暮雪 180
花，开在雪地上 182
青色的花蕾，如火的心 183
雪野，一个寂寥的梦 186
雨天写诗，和一位拾荒者 188
冬日，划落的晶莹 190
雪和花的界限 192

第五辑 蜕变

恩情，和母亲的爱 196
我走在阳光路上 198
孤独，美丽的诗歌之海 200
一个老兵的深情 202
站立在喀喇昆仑前哨 204
丝路花雨之大国有梦 211
阳光之高处 216
远行，和一场花开有关 218
无题（外一首） 221
细雨纷飞的时节 223
端午情思 225
火线里的生命之殇 227

激荡的不会泯灭　230
蜕变之生　233
红军杨　235
愿望　237
爱已成歌　239
形体之问　241
疼痛着,追寻生命的光　243
活着,看到一种病态　246
大地之殇　250
战斗　252
血骨之剑　255
蓝焰之光　260

第一辑　春

春日迟迟，卉木萋萋。
仓庚喈喈，采蘩祁祁。
　　　　　——《诗经·小雅·出车》

那年，一曲《醉落魄》记否

世界的那头

官鹅，林溪里的小屋，一书一烛，看到缥缈的雾气，
依山体纷落而息，空气很潮。
我很想念。如是，那年。

来
或去都是一种幸福
在好多年后

醉落魄·正月二十日张园赏海棠作

宋　管鉴

春阴漠漠,海棠花底东风恶。
人情不似春情薄,守定花枝,不放花零落。
绿尊细细供春酌,酒醒无奈愁如作。
殷勤待与东风约,莫苦吹花,何以吹愁却?

　　攀援而上,阳光在山涧,跃起又落下,像那个姑娘手中轻盈的线,泠泠明眉处,洋洋又洒洒的红叶纷纷!官鹅,聚集的小小茂盛,在高处轻然叠出,又和那一段美丽的传说,叩动着你的心弦。记得,那里洁白的云朵和季节更替的柔和,交融着一曲淳朴的温婉,湿润的光亮中透着一根铿锵的瘦骨。一座山和另一座山,环绕其中的人们,喜欢遥望天上的虹,铺满在窄小的山路间,脚步向深处去和苍山一起!时间留下的密码,闪耀着玲珑剔透的光泽!青色的宁静里,悄然淡出的薄纱,沉淀着平凡的足迹!

官鹅恋曲（组诗）

1

陇地之南，一条蜿蜒的沟寨
勾勒陇上江南的画卷

是大河坝的碧草风情，连着
横生的青山绿水，云朵怡然
飞歌的林间，印落着
山谷里玲珑剔透的冰莹

崖柏千年的目光里
生命的千结百绕，泠泠起落
如高山之巅，化作一抹
淡淡的相思

2

人间小城，莽莽的森林
一曲恋歌，这样的旋律
一直萦绕在路上

官鹅，谁在轻声地呼唤
那冷杉梢头的雪，牵挂着
祥云钟声里的一曲梵音
传奇之下的清辉，怎样亘古不变
坐下，仰望，流淌
在山岭幽谷之间

凡尘之上，小城之中
潜藏多少秘密，一石
一叶，一风，一雨
一种生命和传奇的延续
你宁静又淡然

3

官珠和娥嫚
山水红尘里萦绕的爱情
冥冥注定，蝶舞悠悠

生死相依，十指红袖
谁落千年不变的相守
谁饮月色如洗的哀愁

相思
一个凝秀的女子
落下款款曼妙的背影

4

记得一场雪，茫茫熠熠
落在苍劲之上，数不清哪一片
心事，落着寂寂的忧伤

脚步，一段一段连着升腾
温暖而徜徉，白驹来到官鹅
一声不响，就趴在
山体，淡淡的清浅处

5

弯弯曲曲，在十字路口
分不清哪个方向，在我左手的前方

往上，路不是很宽的那种

却很长，一旁靠着山体

一旁长满青翠，紧挨着河流

走在路上，总喜欢左顾右盼

稀稀疏疏的白杨树，叶子随风

开开合合，摇摇摆摆，安安静静

在不经意的转弯处，停着

一个老人的脚步，默默无闻的样子

嘴里叨念着什么，这个季节

孩子们，还没有走远

不知道清明，会不会回来

在桥的另一面，几户人家

坐落得安宁，背靠山

面朝水，顺风顺水的朝气

一路弯弯曲曲，流进

官鹅的腹地

6

和你的情劫，一直没过

遇到你，在多年之后

我依然感动，来你的世界

是前世，千百次的回眸

岁月的湖水，在心口流淌

我，生命中是有千山万水
都不及你，来我的世界
足够，唯你

那天，我和官鹅席地而坐
聊到很晚

官鹅的春

冰,颜色淡了些
鸟儿还没出窝,那天
小雨来的时候,探了探头

下山的人
望了望天
呢喃了一句,后来
春就来了

和友而行
和山而坐
和乐而舞
和心无物

倾情之色

春雨来临,山峰渐渐朦胧
庭前,黄中泛绿的小草
伸出纤细的手,眼眶里
泪眼婆娑

向上的雨丝,一步
一步,绿了
蜿蜒的小路
柔润的景致,一点
一点,潜入
我们的心田

阳光初起,洒下的
柔软线条,是哪家
姑娘的琴弦
蓦然呈现,雨雾又

光环，回荡又
恰好，谁是
其中的缘分，依着
这般风景
久久不肯离去

往上爬着生长的
我还叫不出名字的
那些草藤，早早地
漫过山的一边
染着，蔚蓝的天空
欣欣向荣
踏春的足迹
向上，谁的远方
洋洋洒洒

河畔，杨柳随风
叶瓣儿，游弋的鱼儿
哪个是你的情绪
久久，伫立
没回过神来

什么时候，一个季节
和一种颜色相恋

心底泛起的甜蜜

盎然着生机

那又是谁写下的密码

美丽又神奇

岁月的湖水

畅漾在心口

能遇到你

春天的官鹅

在一场春雨后
一条枝拂着
另一条枝
颜色缓缓扩散
进官鹅,听山那头的冬雪
怎样悠然的起落
又没有痕迹
还有意犹未尽的曲子
在零星的村子里蔓延
你不看时辰
哪里知道
这里是春天的官鹅
当上年的松果
落到灰软的地面
瞬间
弹起又滚落的时间
松枝上的蕾苞

生长

水,灵性下来

每一朵溅起的水花

是舞动的思绪

有散有聚的清欢

当那一朵一朵

瞬间,自然的水花

倚着时光

在一只鸟儿的眼睛里

轻缓,盛开

那刻,生命的舞者

无比眷恋

在官鹅春情迸发的泥土里

一颗心守着春天的梦想

心事满怀

春夜，月醒

桃花落了，很久
无风，夜幕打开前
我还在找一双眼睛

黑漆漆的颜色，很纯
站在路的中央
闻到和夜碰触的宁静

道口低低的路灯
拉长着，枝丫的身影
你不识春夜

我找到安放的眼睛
只言片语，呼唤飞过
春夜，想到
在时间的渡口
和一个爱过的人分别

继续留在夜

抬头仰望

高枝，和一只夜莺

等候

月醒

四月,官鹅春衫薄

清早,官鹅
细雨,牛毛
四月,春是脸上浅色的笑

小道往上
看到细长泥土里
清风划过的寒颤
连着对面,一个阿婆
静静的忧伤

小瀑之间,枝叶淋漓
无声无息的情绪,在官鹅
看到崖壁上的冷杉
精神振作

多少青色的墨迹
散落在悠远的空间

歌声回荡
多少生长的灵力
在自然的怀抱
一览无余

安静，是官鹅的安静
飞扬，是官鹅的飞扬
狂热，是官鹅的狂热
沉默，是官鹅的沉默
这世界，一贯如往

层层又叠叠，官鹅
那段恩情，连着湖光山色
静静沉淀

停摆的月光思念

梦

浸着

透月裳

高空流云

一望寄穹深

窗棂不知探远

山曲幽来声声慢

借一支拨弄这停摆

是在蓝色星浴中遗忘

天际的门或是开启的窗

便能看到丝丝缕缕的记忆……

是与月相连的往事的悠长……

微微泛亮的鱼脊弯下塘

少女的青涩指尖划下

是一段婀娜的曲线

一端是梦中阿妈

另一端是情郎

旖旎轻风漫

月光月瘦

裳月透

浸着

梦

你好，官鹅

官鹅，天青色的山
清凉的小镇，你来的时候
随缘

聆听着，月落无声
高处，流落的泉
一声一声，漫过
你的心思

那时，桥栏边
一个女子的眼眸
眺望着爱情的样子
笑靥如春

晚归雨，落花

昨日天气预报，小雨
下在初春

一路小跑
回到家里，凌晨七分
母亲坐在窗前，等我

一杯热茶，叶尖浮在清水之上
叶片慢慢散开，像雨

母亲站在我的跟前
我看到她的眼神
升腾着一种美丽，像花

好长的时间
母亲浅浅睡去
眼眸处清素的一滴，像雨

我在窗前，端一杯清茶

看雨，断断续续

落在夜深处，像花

官鹅清思

是自然的纯粹
流淌的安静
那细腻的芬芳
在古朴醇厚的岁月里
漫漫生命
跃动的性感
在官鹅
情缘未了

春天的官鹅
在立春的日历里
枝条静静地摆动
枝丫的一边萌生的小苞苞
是时间最好的眼睛
阿爸说
再过不了多久
迎春花就要满枝头

盯着官鹅
眼睛里是闪动的情哟

三月
柳枝芽的尖尖
摇摇晃晃
那不经意展开的柳幕里
是一对情侣深情的吻姿
背向山
面向水
那深深的吻
转眼就被淹没
在起落的湖水间

从山谷飘下的风
和微微泛起的小雨
从蝴蝶泉的脚步里滑过
那一刻
我一直都在仰望
看眼前的一方清水
是怎样地合着
清远的风
清远的细雨
清远的颜色
弥漫开来

当我看到春色里
时而扬起又时而飞舞的
或在那露芽
或在那山间的杨柳絮花
一路上落下
往下落的每一段情愫
又怎样地依依不舍
或不相留恋
如果，驻足间的回眸
还在，那应该是飘扬的思念
当陡峭的山峦
和你牵手的挂念
相连，那时候
我们就坐在官鹅
清澈的湖边
一声一声地
呼唤

于是，就在今天早上
官鹅轻轻飘起来了
在我的世界里
我这么幸福地
想到了在可以
想到的角落

你感觉到
或是听到我的
感觉我的内心
从我开始决定
去找你的时候
就定下了

在公主湖的脚边
那棵松树的根脚
早已伸到了湖心
树干泻下的长枝
一会儿在湖面
一会儿在云端
就那么轻扬
让寻觅的过往
惊叹又哀伤

想到，梦想
便来到你的跟前
执着，流淌在山路间
有人说，入禅
会在心的田垄
多一段时光
走一段
然后回望

自在的姿态

在虔诚中升腾

随着流水的曲子

打湿了我的歌喉

官鹅……

官鹅……

官鹅……

当我和你别离的时候

止不住我的眼泪

在你的跟前奔流

向前，看官鹅一张俊美的脸

在一步一步的曲折里

找到路的方向

找到爱的呓语

找到还有曾未闻到的花香

当情不自禁地张开双臂

从九天叠瀑落下的灵泉

在发丝

在耳间

在脸颊

在思绪里

起起落落又洋洋洒洒

是一种未经的畅快

那连着上天的色彩

是碧清的馨香

一路飘远

松间的大鹰

迎着阳光展开羽翼

渐渐飞远

直到我的目光无法企及

我那时便会无比牵挂

她，飞出了我的官鹅

在下一个春天

还会不会回来

是没有回头

我无法的告别

我只看一眼

她飞走的样子

记忆非常

当清风

吹着时间来

行者的脚步

一半是梦

一半是追逐

诗者的勇敢

在色彩里的流年

一半是风雨

一半是阳光

回望初行

在宁静如水的地方

迎着交织的情感

闪动的明媚

眺望

官鹅

一个安静的女子

姑娘玉指的铃铛

仕水里涟漪

轻抚在脸上的晶莹

滑下年纪的芳香

净了心扉的思量

带走清清的遗忘

年轻的姑娘

喜欢来这里

找一种叫自然的果实

孕育春天里升起的朝阳

想到你的时候

故乡在那里

想到你的时候

我会看看

笔记本里夹的那片叶子

和黄色手绢里的一抔黄土

亲切的柔情

眼眶里满是你

说不清楚你

那一个湖的名字

却也遗忘不了

那一个湖的色彩

每一抹色彩都很温暖

每一段温暖都让我铭记

在官鹅的雪花飘落之前

我乱了的思绪

平静地默默无语

从祥云那边

来的一曲梵音

你何时来

又何时走

便有孩童开窗

抬头

张望

好生这般模样

又在那一处相见

夏天

是怎样地靠近

欣喜的我刚梦到

一段和你的画面

那刻，神情

泛起的情爱

温柔地落在我的心头

多情的官鹅啊

我低下眼眸

看你

想你

直到把你猜透

官鹅呵

我在下游的地方

还没有看清你的模样

当你占据了我全身

我穿着母亲的绣花鞋垫

勇敢地拥抱你

母亲养育我的思想

就融合在你的胸襟

走了一路的路

官鹅呵

当我尝到

雪水是甜的

我就到了离你最近的地方

我要，轻捧一口泉哟
给我白发的亲娘

那天我挽上衣袖
从你咕噜咕噜的
清澈里
往上走
水灵灵的你啊
湿了我的鞋啊
湿了不远孩童的衣袖
我就湿漉漉地和你呀
一路闲走
路上我看见
枝上的小鸟儿
和小鸟后的一头老牛
她啄着花色的羽毛
就落到了老牛的肩头
我看了好久
直到一位老人
把老牛牵走
还深情地叫了声，老妞儿
我还看见
妇人在溪水旁
布衫甩起的美哟
就干净地

溅起曲调
我是还来不及写下
这诱人的时光哟
还是怕惊扰了
炊烟里晚归的吆喝哟

前几天
一片金黄色的叶子
落在了我的阳台
我知道的时候
它静静地躺在那儿
没有说话
五角尖儿是它的名字
我喜欢叫它小鲜儿
三月里头
阿妈喜欢
把它摘回家
拌出了春天的味道
那清嫩的颜色
一直到我的舌尖
我知道
这次它来找我
是来我的心头
带我去
看看官鹅的秋

秋天
走一段停一段的枝丫
在阿爸吆喝声里收住
山腰间阿妈的背篓
盛满泥土的香味

窗外小屋
一盏小灯
想把官鹅的夜点亮
又连着青湖的月光
跌跌撞撞的梦了
我在一旁
端了一杯清泉
闻香

在阳光的背面
山缝里的一股清泉
流到前面的石头上
把青苔细细地滋养
很难发现他们有什么
不同的地方
只是当你换个方向
才发现那处的颜色
和别处不一样

不知道为什么
我总喜欢
在那处
观望

过了一个山体
遮挡的阴凉处
我又能看见
大片大片的阳光
在我前面
然后照在林子的北面
和刚才湿嗒嗒的感觉
温暖让人想念
周围没有边沿
在前方的空地上
奔跑着，仰望

我越往上走
越感到天空很近
近得我一伸手就能
触摸到
那蓝得窒息的天空
在淡淡黄去的林子间
怎样相映交错
又怎样色彩鲜明

朋友问我的时候

我没有回答

当写下一段精致的过往

官鹅呵

实实在在的湖

清清淡淡的山

粼粼静静的水

还有朴朴素素的布衣

和布衣里满满的果实

官鹅呵

你的美在平静里

在黑幽幽的眼眶里

在早晨叶子的雨露里

在白云的影子里

在滚落的石子上

牵绊

灵动

向远方

蜿蜒而上的路

一直很长很长

只是在这边还看不到

下一个路口的样子

行走在中间

两旁的叫不上
名字的树木成群
我喜欢短短地
去感知
用心
用眼睛

冬日
官鹅
每一个小湖
都是自然的精灵
圈成圆圈的湖心
在相机镜头里闪动
凹凸有致的韵味
拉着映落在水间
幽情的蓝色云朵
湖边
岸上
草木枯黄

生长的思绪
像从高处流下的
冰凌在深深浅浅的
瞬间凝聚
是向上的升腾

还是向下的流去
谁说得清楚呢
那晶莹剔透
一波一波
我们
相望
惊叹
又流连

不知道
飘落的雪花
飘到哪里去呵
在茫茫的雪野
我的蓝色还在
我的梦里
飘落的小屋
安安静静
会呼吸的烟囱
伫立在那里
我大声地呼喊
小屋的主人
你听到了吗

官鹅

每一朵雪花

都开着

孩童红色的头绳

飘扬着

一个脚印

一个脚印

有人说

那时来官鹅呵

就会和她一起

白了头

我信，就在

官鹅

每一朵雪花

都开着的时候

我在雪中

饮一杯清愁

站在护栏边

面前一座巍峨的大山脚下

是一个浅浅的水湾

想到

一种雄浑的神圣下

一段柔弱的恋情

是怎样融合的美

是浅浅的色彩

到深里去

当近处的灵感

向目光的远方迸发

我的思绪

在你的凝固的瀑布里

悄悄融化

当忘记了

渐渐西行的太阳

我的脚步

就挂在了官鹅的脖子上

每一步都习惯了

站在高处眺望

心血来潮

太阳还没有落了

月亮在上来

人们找到歇息的地方

就放下了行囊

在太阳还没有落了

不需要怎样辨认方向

月亮在上来

官鹅桥边

又是星星点点

春事

阳光的丝和线
流溢山体丰腴的胴体
湖面涌动的金色
染满渔夫手中的情
那左手边妻子的歌声
悠悠醉了鱼儿
渔夫手中的线
是有千般温柔

春风吹过的清湛
和着孩童的脚步
蹦蹦跳跳
一段悠长的温情
是母亲一双幸福的眼睛
默默无语是你的表达
踏春而行
迎风而乐

入梦
绵绵的流水声
也来借宿
我们抵足而眠
只是
她润湿我
右手指尖的一支笔
还留下淋漓的颜色

初雨写画

雨丝细细细如来,
清清淡淡简出。
花芽舒展姿芳开,
阳光无限好,
暖风还轻摇。

顽童步履多俏意,
明珠望惊奇。
一步两步三四步,
数数娇莺啼,
老人抒胡须。

希望

春天呵
在富有希望的章节里萌发出生命
一缕阳光
一丝细雨
涟漪着，一个季节的乐章
你是阳光中快乐的仙子
让快乐弥漫人间呵
你是雨中倔强的柔丝
孕育蓓蕾呵
我坐在池塘边的小路上
闻到了芽子的香味呵
树林中的小鸟告诉你了吗
小溪边的石头告诉你了吗
林中飘着的花絮告诉你了吗
是的
他们答应我的
要告诉你的呵

这片美丽的树林
有你的呼吸呵
生命的感觉
树林中的小鸟呵
溪水边的石头呵
林中的花絮呵
简单的美丽呵
就这样
抢在别人的前头
拉着你的手呵
抢在别人前头
亲你的额头呵
抢在别人的前头
抱着对你说
春天呵
我爱你
嘘
只有我俩知道呵

一缕乡调

远眺芦苇
深入，一篙

晚霞，小船
随风摇
波声萧萧
自谱曲调

粼粼起落
原上穗絮飘
老人眉舒须潇潇
孩童戏水乐淘淘

亭，是一壶清茶
不请
自有道

远眺，芦苇
深入一篙
浅吟
嘘
一声鸣叫

细雨,飘落的时节

只是在下落的时候
留下了痕迹
一点一点
一片一片
或者一涓一涓
于是人们习惯叫你
细雨

随风潜入夜
润物细无声
颗颗晶莹
滴落了千年
是雪花儿刚走
你就来了
清秀的脸庞
都不敢正视你的模样
可还是

任你的顽皮抚过蓓蕾

任你的柔情滋润田野

任你的欢快融进春天的芬芳

人们爱叫你，细雨

在春天的花瓣里

你的名字，静静地

在人间绽放

景色（外一首）

雾霭，此起彼伏地下来
站在岑岭的尽头
居高临下，在山涧之外
动和静的印记，小心翼翼
婉约的升腾，流向何方
如果，自然如往
又怎一路飘远

一幅画

天音
取名《天音》的一幅水彩画
瘦笔处起落的蓝色妖姬
停在瞳孔边上的惊艳
盛开和凋谢并生的
花苞升起的娇嫩

散开在叶羽间
冷艳的女子如此这般
高格的韵调,从内而外
升起的音脉,绵绵不绝

晨曦的波动

晨曦,从大地的被窝里探出头来
昨夜失恋的几片黄叶
已在甜蜜中找到家的归属
身旁流动的音乐
是一群小鸟弹唱的和弦

风
拈着香草
一路走来
昂着脑袋
闭着眼睛
一不小心摔倒在我的身旁
那是一个黎明
你看
云早已摆好画板
我们也在其中

风吹麦浪

白白的寒霜呵

一夜间下来

铺满了松塔、青草、石砾

于是，呵

晶莹剔透中大地苏醒

浅浅的翠绿

和晨光一样渗出来

似号角般地前进

于是，呵！

沉睡的根脉

涌动向上地生发呀

血滋养的力量不停留……

一阵风来过

你闪烁含羞的身姿

带着梦一般的婆娑

从山梁的脊背上滑过呵

又是那样
倾泻下来的呵
就这样，摇晃着
南去的列车，隆隆声
和车间散发的欢笑被你淹没

静下来了，安生

能静下来，坐下
感受周身的阳光
周身的风，周身的鸟鸣

能静下来，静下
感受，生命的静
一声，两声的回音
能听见，自然的呢喃

能静下来，安生
遗忘是林间的欢乐
山坡上，闲散的羊群
就在自然的怀里
一步，两步地颔首或仰望
天高云淡

你的感知，慢慢的静
世界，就轻了

你在路上，看世界

你看着我，并非你真正地看着我
我看着你，也并非真正地看着你
你，一个朋友这样说
世界

你是目不转睛地看着
多么真诚地看着
多么认真地看着
这世界

你说你不习惯，是啊
世界在你的眼前，脚下
或是你的梦里
你的……想念
多么的不踏实

多么的……不自在
看着你的，世界的真实的眼神

就那么一直看着你
你的想法

哪个想法，不是你的
看着，是细细弯弯炊烟里的人情
看着，是柳枝的摇摆里的口吻
看着，是黄土或水解不开的经文
甚至于飞过去的一只鸟

过去的风，在你的脸上
我看着你，并非我真正地看着你
我诚恳地告诉你，世界
你便，没有转身
注视着我的目光
你便，没有看透
世界，看着你的模样

观一朵雪
自在起伏
淋漓着平静

远方的父亲

肩头，矗立着
一个大写的人
两鬓白发，越来越深

双手，沉默着
打开生活的门，磨砺的
命运之光，流淌着一碗水的恩

脚底，翻涌的
犁头和老黄牛远去
皲裂横生的夏天，果子熟了

崖柏千年的目光里

生命的千结百绕

积淀流年

一如高山之巅

一曲梵音

第二辑 夏

绿树阴浓夏日长,楼台倒影入池塘。
水晶帘动微风起,满架蔷薇一院香。
——[唐]高骈《山亭夏日》

你是我一辈子读不尽的乡愁

一个普通的早晨
山村田埂上的那棵枣树,绿了
一路往东的足迹,小心翼翼
安歇在一个不经意的地头

多少个日日夜夜,回想
一双脚,丈量着地里的庄稼
农人合不上的笑颜,是暖暖的阳光
一位老人佝偻的身躯,和拾起的野菜
连接成一种亲密的感情,联想起
那些年少的衣衫,在箱子的深处
已是怎般模样

熟悉的篱笆,清淡的小院
一根扁担,两只水桶
摇晃着老井里,深深浅浅的恩情
熟悉的屋后,立起身子的苗圃

婆娑地醒来，在一个叫毛孩的目光里
伸展开来，宁宁静静的样子

银丝串起的玉米棒子，在老灶台上窃窃私语
一勺汗水，一勺希望和母亲温暖的手心
映着眼眶里久久闪耀的晶莹
一只鸟儿飞来，我的梦
醒来，歌唱

山崖边的小诗

我站在山的脚边

看一茬一茬的人

从另一个城市来到这里

那时黑白的颜色,一言不发的

寂静,而我就站在山的脚边

早起的日头,刺眼的红光

在老人的额前,划出一道一道皱痕

我要写爬上山道的人,蹒跚的

踉跄着,找到一种叫幸福的东西

伴着痛,汗珠一颗一颗

苦涩的节奏,那是

自然,虫鸣,剧烈的风

什么时候在另一个城市,遇见乡愁

和奔涌的河流,想一个人

高崖上的呼喊,天真形骸

是寻觅迎接着每一个

脱胎换骨的想法

我要写冰冷的山，动情的崖

弯弯曲曲的形体，跟跟跄跄的脚步

零度以下的眼神，绽放美丽

自然，生存与抗争

一种感情，沉默而真实

我要写山的那一边，山里的人

根深蒂固，高山与黄土

岁月，固执成为一种坚定

生命如常，物欲未染

土黄色的习惯

于是，灼灼的热情

攀爬上你的内心，翻滚着

住进你的身体，干脆而热烈

官鹅的清涧

　　一鼻芬芳
　　踉跄着酩酊意味
　　奔泻的瀑
　　银珠飞溅
　　又像一簇火苗
　　珠起　珠落
　　入梦
　　绵绵的流水声
　　润湿了来的脚步
　　虔诚的安静处
　　那人评说
　　何须上楼台
　　独凭栏栅
　　探春色
　　满园清香
　　何须远眺望
　　独借悠扬

千里路

落满霞光

人潮相望的欢乐

怎轻易言表

我们的梦想

从浅浅的灰色中远去

在那个早晨

倾听心灵呼吸

轻叩伸展的爱意

那有千份希冀

让慢下的脚步多一份沉思

过往的味道

精致而厚重

官鹅沟之恋

山坳里的一条带子

官鹅沟
山坳里的一条带子
缓缓不落
百年
千年
这灵山秀水
怎一个美字了得

你像一位老人
深沉内涵深远

你又像一位少女
含韵　柔嫩　天真

你是岁月的钥匙

开启人们心灵的窗

你是孩童画笔的翠绿

沿着生生不息的意味

亘久　绵长

当轻雾随阳光落下

你的身影装点了这里的美景

还有林间的百灵

乘山风掠过的鸟鸣

是悠扬的声韵

多少烦恼的心绪

此刻

安静　清澈　纯净

你我脸上的笑容

溢满无限深情

此刻这山林

在心坎上孕生

马铃儿响

笑容开放在脸上

一路的难忘啊

纵有万般不如意的忧伤

也像水花儿一样
马铃儿响
朵朵香草向远方
一路的足迹
带着寻觅
就像滑过脸颊的风一样长

让我们相约这自然的天籁
鸟鸣　水声　足迹
和山林间花的摇摆
一路清风
沿着纯净的心情
和深不见底的山峦
激动怀想

因为欢乐
我们来到这里
因为恩情
我们来到这里
因为爱
我们来到这里
因为不舍
我们来到这里

一路上

我们走走停停

呼吸

歌唱

聆听

都带着一份深远

邀杯群山亭坐

此处

群山叠

莫问

为何

往里探究

天地因果

煮一壶清茶

邀杯群山亭坐

说来日有聚首

此意不长有

紫杯清饮

谈笑间

漫步在这山谷的怀抱
为我们的爱唱一支曲调
生命的勇气和赞歌
召唤一种力量
玉指岁月
青春无悔

这是你心中的天
和天上洁白如棉的云
这是你心中的山
和山上生命的呼吸相融

我们奔跑
沿着上山的方向
和一路的芬芳
起伏的山脉在闭上的眼睛里回荡
我们奔跑
一路上仰望
带着一种姿态和自然的光
那样的美丽
那样的清爽

昂着头的山

像君子高贵的额头

雄视万里的傲骨

不落柔情的铿锵

一个人是一座山

一座山是一尊神

一尊神是一种灵气

一种灵气

生生不息

每一座山

都是含苞的花蕾

静静地　静静地

不知什么时候

在你的眼睛里开放

崎岖是一种姿态

走过这段路

知道了艰辛

你还害怕什么

带着一路向前的倔强

我的思念是来自水色一方
万般柔情在遥遥路上
千里路
在脚下
又何妨

往里走
再往里走
梦想的路
从这里开始

路漫漫
情依依
牵手度
不分离

你的足音
留在这圣洁的山地间
你的虔诚
和山间的溪水
潺潺流淌

你的呼吸

你的体温

我努力地感觉你

那种美妙的感觉很清甜

像是一杯含香的酒

滑过唇边

你是妈妈的孩子

虽然已长大

但是她永远的牵挂

路有多长

爱就有多远

跋涉是一个过程

崎岖是一种姿态

走过才知道

什么叫恩情

最华丽的不是梦想

你走过这山岗

才发现足迹的力量

因为存在

自然孕育了风光

风儿吹动了你的发梢

请微笑

私语的悄悄话醉了心巢

雪儿点缀了你的鞋

请微笑

是点点呓语的无心打扰

花逝

是这样惋惜的忧伤

折花

是这样痛惜的哀伤

你懂

留下手中的情

一辈子在心中珍藏

天之绝壁

云中生

叹为观止

龙吟瀑

暮霭中

阳光的丝线落在了露珠儿

分不清的线和分不清的光

闪耀着，晶莹着

一直到我们走过

纯在梦的舌尖上

手向左右打开

路两旁

春意盎然

闭上眼

身轻得飞扬

一声轻吟

深深的回响

用心煲一碗

自然的汤

滋养我们匆忙的脚步

和不安静的心房

让生活慢下来

让脚步慢下来

放下太多的念想

我们这样

牵着一路阳光

苍翠欲滴的骨子里
渗透一种品格
让来读你的人们
不醉不归

徜徉在林间
不认识遍地的草药
却感觉到药的香
敞开胸膛
风吹，草动
像潮水的浪

雨后
清的清凉
汩汩水声
嬉戏下来
雨后
小心饮下
枝叶间滑动的甘泉
闻不到声响

山的指缝里

凝聚成一滴

往下滴的甘泉

你总是如此洒脱

顽皮孩童

张嘴接住你

解了干涩

甜了唇角

驰骋是一种度量

像是在腾格里沙漠上

骋目是一种宽广

盛满的坚定

稠了，来时的心绪

踏着淳厚的土地

在阳光里打盹

已不是奢望

这纯粹的人们

无比安详

纯在梦的舌尖上
就像你站在山顶
听到山那一边一个老乡的呼喊
你回了一声
那样真切

悠远的天
溢满悠远的云瀑
还有悠远的姑娘
腮边含一朵悠远的红晕

这是温暖的季节
你眼中的深蓝
光芒进了背篓
这是温暖的颜色
快乐心扉
洒满山坡

城市的安静处
和着清涧的流响
居高的勇气
看一只起舞的蝶

与你的缘分

细细算来

千年

不敢品读你的清澈

我还是未毕业的学生

怎敢妄言

就是昨夜

想见梦见你的模样

装了一箩筐

深呼吸

再深呼吸

你闻到了什么

山上的一顶白礼帽

在天空很显眼

怎忍心将它摘下

挽君闲坐

只取来一杯

品味安康

晨曦
月未落下的尾梢
和着朦胧的
山体婉转相映
猜不透下一个动作
或者下一个舞姿

醒来的生灵
蕴含着一种宁静
人们叫你山
颤抖感受你
是层层划落的斑驳
温度积淀了
百年
怎记得
这一路划落的印迹

每一次印烙
都写满了平平淡淡
厚重　脊梁
历史　涵养
诗人的目光里
流淌着一种信仰

自然的坚定和韧性
在与人们的生存
和希望中烙印
这不矛盾的给予和担任
千年落下
人山合一的境界

沉静的一抹思量

湿漉漉的
湿漉漉的
老人手中的墨笔
还立着呢

一座木桥
一条细流
一片草场
一朵云缕
一种情和另一种情的相连
一种苦和另一种苦的释怀
木木草草

又
草草木木
细细泉涌
又
泉涌细细
这深深的爱意
止不住的奔流呵

峰
香雪生艳梅
入湖
月亮弯竹
缨络如蝴蝶
窗外小屋
出幽谷
翠草深疏疏
约见汩汩
石阶上亭
风声段段
轻衫碎
露舞音符
合眼
梦
青湖

清淡村庄里的
一张白纸
装着，一个人
清淡的身影
在水波上走的干净

所谓痕迹
不停断的水流过
在崖边上
暗色的一条一条
你指着它说
好多年

绿芽，生长
石子之间
托举的一颗心脏

月亮湖
你微微开启的窗
像一个女子宁静地卧
中间一小湖
满花

花的瓣上

站了一个救过花的人

花的瓣是凌晨

掰断的新枝上的笑

湿

把我带走

良久

干得疼

风

梳着

一波一波

翠的流发

这是一段怎样的风

怎样的翠

让你挪不开步

倾斜

是你的影子

是另一个你

在穿透影子的纸上，怀疑

正的样子

一尊泥佛

你不动的样子穿着影子的外壳

一尊泥佛的脚

香梅刺了鼻

微动

看山人

投在石上

你的不平的思想泛着泛滥

投在石上

泛着泛滥弯弯曲曲的

线条的丧失

累了一上午的山民

一屁股

坐上

不烫

想得太好

不愿看到一丁点儿狼藉

向世人的道德发出挑战

你是什么人

敢如此躁狂

呜咽的面包

在面包房还是在

一丁点儿狼藉上

张开嘴塞满　太好地想

你是什么人

想得太好

不愿看到一丁点儿狼藉

战壕里的伤还在那里

看到不是错了的伤

一丁点儿狼藉

没错，死去得干净点

这是多好地想

你在上

沉静的山

你在上

沉静的云

你在上

沉静的寂寥

你在上

沉静的幻想

你在上

沉静的遗骨

你在上

沉静的哀伤

你在上

沉静地寻找

你在上

沉静的信仰

你在上

沉静的一缕阳光

你在上

沉静的一抹思量

你的奔涌

你的激流

你的热火

你的狂暴

你的拘谨

你的羞愧

你的憎恨

你的魔性

你敢在冰里泡

你敢在火里烤

你练了火眼

你修了金身

我尊你
心中的怪

每朵花的芳馨
翅膀展开
羽翼间回旋
和你的呼吸一起
来了又去
还有你看花的眼睛

轻轻飘落
是你，爱的方式
每个夜里的碰触
跃动着，一抹岁月的乡愁
轻轻飘落
像喝醉了酒

蝴蝶·泉

翩翩的蝶
落了山中，那颗千年
低吟的梦
生了凡尘

这是，你的劫
寥寥又清清，岁月
升腾的缭绕，呈现着
徐缓之音

蝴蝶，清泉
拂过青石之涧
谁的眼，似曾相识
冷冷地掠过
一个女子，安静的笑

恩,和一滴乳

恩的释义
从因从心,用心感受到最大的范围
那种深情,在乡间和泥土
湿漉漉的衣衫,湿漉漉的眼眶
在阳光下,格外地显

房前旧屋,一件发黄的棉袄
溢出的乳汁,滋养那棵生长的树
乳儿,七彩色,在嘴边
暖了,红豆的南国

恩,红色的心,闪着
白色的光亮,那样,无论
怎样的夜,没有孤单,或者悲伤
如是,如是,每夜的梦
十指合掌

恩，淡黄的乳，合着
皮肤的颜色，那样，无论
多远的路，有了坚强，或者倔强
后来，后来，你的继承
忠诚善良

恩，和爱有关
血乳，像花一样
成为胸腔的河流，砰砰地流淌

花开之时

可以颠覆掉所有的,春天
和一小片枯薄了的秋叶
搀扶着地平线

日记的第三十三页
空空如也
这是成熟的,生命景色

犁田的号子
在老人寄托的泥土里
牵绊,只属于他的寂寞

新鲜的泥土,打量着
一双手的过去
和未来,目光明净

围脖和小火炉

还搁在去年的架上

去年，还搁在浅浅的记忆里

人间的五月

是那个孩童的画笔
点开了，人间的五月
生灵，孕育的色彩
波澜不惊

人间的五月，触手可及
汗滴的情结里，闪着
光亮的白色晶体，一点点
浸透，大街小巷的深处，
行色匆匆，闲下来的时候
泪眼婆娑的眸子，凝望着
一朵灿烂盛开的花
喜笑颜开

这个季节，手上的茧还不厚
繁枝，就闪动在阳光里
一波一波，清晨
你看得最真切

五月的人间,朵朵高远
那个微笑的人,一双手
供养的热诚和梦想
装进,一个叫家的行囊

年轻的脚步呵,许下诺言
梦想和执着,注定着
那个可及的远方

官鹅，轻风沉醉的晚上

星光闪动处，天色出来
沉沉的疏影，蕴藏着清脆的冷
寂静的足迹，穿过
我的耳膜，闲散的歌吟
一声二声，弥漫在林中小屋
幽暗的灯光里

夜，入了泉水，流入呼吸
石壁镌刻的云朵飘散
行迹，遥遥地，写成一首情诗
听到，岁月的呼唤

前面，鹿仁小寨
静静地，一朵缓慢的花
停留时光，聚天聚地
七彩玲珑的药圃
我看见时，微雨
就干净了

冷杉和一只鸟，芸芸相依
谁的天空，和一缕轻风为伴
生命轮回，自然如往
你不过，是前世随峰峦蜿蜒的忧伤

上山，下山
赶上一场花开，又花落
苔藓之前，一场清风的心绪，呼呼地
奇峰林立，青黛又淋漓
浅入，倾听清涧的声音

来了又去，来了又去
你的梦和眼，为此停留
时光流转，一块虔诚的石，屹立不倒
是不是濯濯的凝眸，把人间的兴衰看透

粼粼的起落，波光聚散
栖息的鸟鸣，夜变得柔软
碧空，一轮圆月
时隐时现

生命之光

站在林子的高处
看到凛冽的寒风里
奔跑着向风浪冲撞的战士
澎湃的热血
收不住
枪，握在手中
贴在如钢的胸膛之上
骨髓里注入的炽热
千万个人心灵的滚烫
要诞生
即使白天全部漆黑
也挡不住点燃身躯
照亮生命的信仰
脚，陷下去了
还有腿
腿，陷下去了
还有胸膛

胸膛，陷下去了
还有手
手，陷下去了
还有眼睛
山再高
高不过跋涉的心
天再高
高不过遥望的眼睛
是多少轻身策马
沙场的苍茫里
那飞翔的姿态
和千里孤傲的鸣音
是一支血性的箭镞
我懂
隐藏在岁月深处
被青松遮掩的名字
弥漫在山道和壁垒之中
串成林间温暖的词
在往高处仰望
万千灵碑
毅然直立
粒粒清泪的哀伤
这样的方式作别
是不是来生
我们还能在一起战斗

你站立在哨位上一动不动
站立本是一种生命的跨越
你一动不动站在该站的地方
寒来又暑往
死心不改地站立
坚守是怎样融进你的血液
融进你的骨髓
潮汐样，跃动的心坎上
那铮铮的誓言
牢牢地刻在界碑之上
疏风轻泻
我爱这原上的土地
和这土地里坚硬的骨气
手指轻扬
我爱这遥遥不落的苍茫
和苍茫里温暖的奔翔
你脚下每一寸里收藏的鼓点
是跃动四海的能量
这便是
久久燃起的生命之光

生命之爱

在幽蓝色的夜晚

银河两旁闪烁的星盏

陪伴，我的天空

像爱人呓语

温暖，我融化在其中

那幽蓝色的夜晚

银河两旁守候的星盏

陪伴，我的枪杆

像爱人的勇敢

默默地，守候

是幽蓝色的夜晚

在银河两旁闪烁的星盏

陪伴，我的青春

坚定，呼喊

轻笼的雾纱

慢慢下来,幽蓝色的夜晚

我的世界里

有爱和忠诚

像多少世纪不变的星盏

融进,我的血液

蝉音之心

独鸣，一只蝉独鸣
我用一只耳朵倾听
一次又一次，确认

独鸣的时候
我便听到回声
一只，两只，三只

一只蝉，独鸣
此处林木葱翠
怎么，一只蝉在此独鸣
独鸣的欢喜与忧伤
是此处的林木，还是
此处的葱翠，声响多么悠扬

向上向高处的鸣声
忘却的欢喜

忘却的忧伤

缓缓地，流动着

一直到我的两只耳朵

都听不见的时候

发现独鸣的不只是一只蝉

官鹅日记

1

天空静下来的时候
小雨冷冷清清
隐隐约约的歌声
还弥漫在林间
天空静下来的时候
小桥边的灯亮了
若隐若现的灯盏
就一直悬着
笼罩在所有轮廓的温暖
静寂成淡青色弥漫在峻峭
高耸的峰头

2

九年之隔一路草木如往
林中小屋屋檐初芽茂盛
又逢长雨连绵
清晰可见九年前几分悠长
淡不去槐树枝叶的颜色
淡不去左手思念
右手执笔的芳香
这条路向前的方向
着迷样停着我的思量

九年之隔一路草木如往
林上小屋屋檐的初芽茂盛
又逢着长雨连绵
宁静随雨滴散去又飘来
九年之隔的静默
静默我能曲调一般地吟唱
这条路向前的方向
着迷停着我的思量

九年之隔一路草木如往
林飞小屋屋檐初芽茂盛
又逢着长雨连绵

窗外初现的一泓青蓝

九年之如初见

便静静坐于窗前

过往来袭

3

隔离着窗从树枝上

回过来神的霞光落在桌前

桌上遗落着谁的守望

千里的霞光

颤抖在笔尖的模样

你不禁得泪珠盈眶

便这样静静地回望

4

官鹅的小站

风从哪个方向吹来

带着不属于六月的脾气

因为是山

所以这样的性格

显得格外的温柔

风来的时候并不冷清

离天空很近

这样的幸福

我所有的感觉

在树林一片声响后静下来

抚摸一片叶子上沾满的情愫

这样坦白地燃烧着

到处都可以找得到

又唯一在这官鹅的山丘上的

真诚不变的六月的风

5

天青色

天青色的色彩里

有天青色样的爱恋

天青色我的爱人的心头

定会生长出天青色的相守

天青色我的爱人的心头

有天青色的爱恋

天青色的色彩里

定会生长出天青色样的相守

我的天青色的颜色

不会淡了天青色的颜色

定会稠了天青色燃起的枝头

6

没有来路的断章
刹那怯场
窃思想的花多惬意
潜入随风的身影
忘记了名字的哀伤
侵入琴弦的手指
乱了方寸

官鹅的心事

少女，一巾长发
飘起悦耳的歌声，在高山
闪烁的七彩光华，叶间流连
馥郁之余，素指摩挲的那页诗文
往来穿过一尊小舍，画笔
浸没其中，心事如海

官珠，鹅嫚和六月
有关繁枝和开启的梦，滴落着青涩的香味
起伏的形体，在泥土和山巅，气息缱绻
那沉默而宁静的足迹，就挂在山的背面
空空荡荡

安静的，目光绵长
旖旎随着浅浅的水湾
漫过玲珑的幽谷，挺立的婆娑
是少女的裙摆，轻扬着美丽的骄傲

在高处，写下孤单的名字
去读一座山，和清风徐来
那时，澄澈之水为媒
牵一缕相思，呢喃月下

官鹅，你的底色

湖面，一个人的影子越来越长
直到，被飞翔的翅膀唤醒
内心的光亮，浮起
一次爱的呼喊，在高山
林立的湖边，回响久远

看到你的底色，铺满
宁静的天空，眉梢跳动的不安
是路程里，漫长的诗文
越来越清晰

高高的羌楼下，写满往昔
故人离去的院落，和厚厚落叶
一抹温存，印象中
你的足迹，和一场细雨
有过爱情

我就在这里，等待时间
慢慢翻开，疏落的行云
那一汪泪滴，弥漫在
踉跄的灯火深处，老屋噙着
几缕炊烟，向我回眸

小春，不语

看十里桃花，蝶舞
指间一曲，堪尽芳菲去

流云，无意
一缕经宛转，溪水
悠然而过，春色纷不休

鸟语，飞声
双双见草长，花落
明月高楼，烟雨花间瘦

凡尘，和你有约

落花，随春
是余香，伴夏生
繁茂依阑珊，一念
风情之间，春日
华发流年

子夜，清遥
窗棂下，红紫又纷然
凡尘之春，披衣
千峋未眠

月季，花开
长风洗，细雨沥
小亭又芳淑，一处
远客欢喜，清杯
静水轻啼

茅屋，流云
蝶恋花，落野径
欢趣又等闲，一语
斜阳漫湖，满树
绿荫小宿

第三辑　秋

空山新雨后，天气晚来秋。
明月松间照，清泉石上流。
　　　　　——［唐］王维《山居秋暝》

岁月的眷恋

花，在窗外繁忙的样子
什么时候落下来的颜色
浸染着孩童的脸
生命展开了羽翼
这个季节的风
走遍土地的每一个角落
带着泥土的味道
一路向北

温暖来自春天
谁在聆听上一个季节的缱绻
回望着家乡的菜园
母亲眼角舒展的皱纹
脚步的依恋在双眸缓缓弥散
这是多美的原色

在生命的颜色处
安得剔净浮华
落得几许清宁
悠悠岁月

小路，铺垫的石子
那雨后闪耀的光环
合着一把旧雨伞清清淡淡
生命光华
期待徜徉的心怀
清眸泱泱
乡野江河之上的仰望
欢畅又漫长

是缕缕湿润的清风
是重重跌宕的云朵
是潺潺温婉的清泉

第三辑 秋 121

是起伏莽莽的色彩
那红尘里奔涌的牵挂
在无声无息的岁月中轮回
时光深处的风景
连着一声坚硬的呼喊
夺目而闪亮

看见，太阳升起
看见，土地的美
看见，母亲的爱
看见，花在野地
看见，一泓热泪

六月，滚烫在心间

六月，和风
梦的触角，出室，入室
没有带走，窗棂旁搁浅的一支笔
小桥如面，草地冷静得像诗
叶尖栖上的一只蝴蝶，闭目不语
滚烫，一直到荷塘深处

花曲，蝶恋舞
记住了，六月的天
六月的灼灼其华，清淡的味道
在栏栅的一角闪动
早起的母亲，着一袭白衫
赶鸡出园，土地里的花
出果

六月，一个翅膀的裂生
和天空，一起亘久

那停在笔尖的触动
或凝结,成为一抹相思的债

飞翔着,向上,阳光闪耀着
欢欢喜喜,花蕊甘甜
成对的伴侣,像高原的氧
戒不掉的爱
岁月,是怎样的刀
在六月,格外地响亮,那夜
目光,所及之处
一只蛹的孕生,骨头
拔节,羽翼带血

山和湖

人闲桂花落,夜静春山空。
月出惊山鸟,时鸣春涧中。
——[唐]王维《鸟鸣涧》

山路,林木葱荣
花开和叶落
只许颜色
不问归尘

官鹅,鹿仁寨
蝴蝶泉里,望月
一只鸟,是哪个
女儿的梦

夜色,从龙涎瀑的额头
倾泻下来,不动声色
宁静时,春涧
呢喃处

山中瀑，瀑中湖，湖中月
子夜，谁的百宝箱
惦记着未写完的诗行
在官鹅

一缕天音
脉脉不断
人间恩情

官鹅的秋

官鹅的秋,来得早些
自然,咕噜咕噜的河水
荡漾在隆隆的火车声里
一路往下

凉意,萧索
和叶落的小径
似乎是合适的颜色
在画板和素笔间
相搁甚欢

野草,杂花
有些茂盛的样子
金色的阳光,黄色的叶尖
和不知什么时候生长的小东西
一样沾染上秋的色彩

慢慢地走，时间还早
谁停住脚
在微风吹起的官鹅
穿着一件宽松的衣衫
简单而精致地倾泻着
一个少女的容颜

喜欢这里
外表竟是那么古老
秋的意味，秋的惆怅
第一次蜷伏在激昂的心头
我听见自己越来越急促的呼吸声
后来，又怎样和一杯沉静的清茶
并肩而行

呼啸，叶飘摇
风来过，突然进入我的心田
又等风来，恋爱的味道
秋风，在远方
野性十足

诗人说，官鹅
秋天是织梦的季节
每一个梦，都会实现
张开双臂，你仰望着天空

小秋有色

秋天来临，思想中光亮的部分
和一片落下的树叶，温暖着
季节的风，初恋盈眶
清淡的蓝色，连着爱情
享受回忆的时光，小梦未醒
一个不安的灵魂
静默其中

秋天，青绿的颜色之后
一只飞翔的鸟，没有回头
远山，依然挺拔
那时，颜色是一种象征
默默等待，掉落的内核
孕育一种精神，不变地
矗立着，骄傲的形体
在清风吹过的秋天
安静下来

故乡情（外一首）

水乡里，宁静的炊烟
久远，久远里褪色的烟杆
牵动了远方，深夜的灯盏

鸟儿，泊上一支舒展的莲叶
细雨滂沱，逢着一叶离开的船艄
一声，二声，号子轻唤
一群游弋的鱼儿
摇摇摆摆

黄土，踉跄在母亲脊背
镌刻成一段传奇
弯弯的河和一眼老灶台
在暮色里袅袅飘起
轻盈的行程，匆匆
浸染在霞光中，听到
童年的欢声笑语

平凡村落里的鸟鸣
落下牵挂的病痛
胸口潺潺的小小火焰
温暖着手中泛黄的照片

执子之手

路过的脚步
停在另一双脚的前面
皱纹，带着些许的抽搐
搀扶，是另一种相濡以沫
那眼睛和光芒合成一体
是看一件宝贝
在那儿伫立时的抚摸

很久，很久
老人，走过了我的思索
可爱的深情，留下
缓慢的离去背影

读诗之美

微雨之前,诗文
若有若无,在我的窗前
黛玉葬花的愁别
忽而再现,忽而消谢
蜿蜒的思绪,不知
从哪里流出
又流向哪里

一枝绿萝枝,俏皮地躲藏
在红袖的那页
窃去了姑娘青涩的文章
想必是侧耳的心绪
染了曲
眷恋的离肠

诗文,蘸着尘埃
读在口中的滋味,暗香如水

去了黄金屋的挂碍
消了颜如玉的徘徊
字句抵达的天地，如是
一颗笃定的心
无声花开

读诗，读情
读弥漫的安安静静
读你，读他
读轮回中的流泉身影
去看叶去的讲述
去听花落的声音
自然的表露
轻了些岁月的缘由
淡了些浮华的邂逅

岁月清秀的凝眸
拾级而上，一米思量
读一首翩然挺立的诗章
时光的碧空处
如虹千丈

花香女子

清露溢尖羞
曦色暖
昨夜春风漫
柳枝现纤手
桃花瓣下曲悠
远不知花香女子
来否?
是若梦里桃花
那一低头的娇羞
怎够?
花香女子
花香女子
花开清香随风意
春好处
处处欢喜

是荷塘月色

润花香

轻衫舞思肠

满廊

瓣瓣相守

是若停留的眼眸
那清含的一脉
如水？
散不去
净月如钩
花香女子
花香女子
夜夜花香伴珠帘
静思恋
恋中伊人

八月，和你的远方

八月，阳光从老人的肩头
翻过，把一层又一层小麦，晒透
那咀嚼的香味，咯嘣在
清水滋养的牙尖尖，笑颜
舒展着，一年的收成

八月，开着小风，合着
浅浅的金黄律动，像极了
黄皮肤的脸，静静地，静静地
房屋中堂的那幅水墨之中
潜藏着，一眼千年的岁月

八月，年轻的奔跑，就在前面
跌跌撞撞的勇敢，奔腾的血液，如锋
向前的足迹，打开命运之门
你是一粒沙尘，决然着
存在的光辉

八月，我的孩子

在昨夜的梦里，呢喃着

一片叶子的故事里，骨头拔节的声音

响了一个季节，谁的耳朵

听得真切

繁星灼灼,一曲春水相忘

> 昨夜数繁星,繁星落春水。春水映花蕾,花蕾笑伊人,伊人梦繁星。
> ——题记

1

深蓝的天空

很多时候和一个人相亲相爱

远处的远处

很多时候,有一种恬静

不离不弃

当冰心与繁星默默对语

于是,我们相忘于

世间的孤独

2

我梦中的灯盏

充满希望的诉说

坚持和执着

亮了，夜晚的灯盏

在你最需要的时候

照亮脚下的路

3

遥望着

一节节远去的车厢

长长的两条轨迹

沿着挥手的方向，向前

未知的时间，未知

滴滴答答

窗户外看见一双朦胧的眼

到下一个城市，开始

你的远方

4

清澈的样子

站在我面前，那些孩童

惊讶的眼神
看一朵花，自然伸开
后来，在他们的梦里花开
轻轻地听到欢笑
清澈的样子

5

微笑的善良
额头舒展地开来
嘴角淡出的月亮弯儿
有时候，并不需要
读懂

6

置身你想要的世界
便不再寂寞
幸福产生于感动
感动时常来自于细腻

7

阳光的味道，热烈着
照亮在黑暗的世界

阳光，很美
我看到脸上，健康的颜色
在灿烂处
阳光的眼眸，多么明亮
阳光流连的世界
人们，行走在一起
每一个春天，每一句话
多么温暖，阳光的快乐
世界，分享

8

大部分时间
我们在等待一种归宿
离家远去的人
和远去归来的人
同一时间，相遇
等待，谈笑
谁知道，你的远方
相互问候的眼神里
淹没一段匆匆的过往

9

如果我们对自己
那么无所顾忌

对于生

我们就失去了力量

如果我们对别人

那么无所顾及

多少欢乐

我们都无法触及

10

我愿意着

短暂的生命无憾

选择带着清醒的深度

一路跋涉

宣告，昨天

倔强的勇气，无罪

11

当你看到了残花

当你看到了归鸟

当你看到了满地的落红

你的黯然，你的神伤

你的勇气，你的思索

催生你向前的狂热

畅快的狂热

满载节奏的狂热

12

你看世界的眼睛

有几多阳光般的真实

是风,是雨

是我们的相识

你看世界的眼睛

有几多阳光般的清秀

是不同的颜色

比如蓝色或天青色

是我们的嫩绿

你看世界的眼睛

有几多阳光般的热情

是天真,是无邪

是真实散发的欢腾

13

另一个场景,在白天

很多时候,我都想

那么能清楚地看清自己

或是有那么一个镜子

把我看透

然后,然后

把我的不真,杀死

矛盾在那里
叽叽喳喳

14

下着雨的那个下午
沉默在灰色的街角
一个修鞋的老汉
着一件灰色的衣衫
想到幸福的时刻
你便不忍去打扰

15

有无数条路
你，选择
一条，去走
你，这样被生命所拥有
无限悠远在眼眸
无限空阔在心间

16

当你仰望天空
你是幸福的

当你遥望原野

你是幸福的

当你举步远行

你是幸福的

当你置身花丛

你是幸福的

当你亲近爱人

你是幸福的

当你相信朋友

你是幸福的

当你回忆时光

你是幸福的

感恩的心

幸福无处不在

17

用敬仰的心看自己

用敬畏的心看世界

18

看婴儿的模样

依偎在母亲怀中的安详

看着羚羊含乳的模样

母亲怀中的喂养

生命的能量

平凡而醇香

19

如是

在清晨之后

我不安的思想

把它放生

飞得很高的飞鸟

头也没回

还没有走远

你会不会回来

在桥头屈下双膝

泪流满面

风景：思想者（组诗）

1

永远的天青色的天空最长

看到春生夏盛秋凋零

是冬日里的玫瑰

在情人的眼睛里绽放

季节的眼眸，多少浪漫的歇后语

在少妇的一担水中

摇荡直到洒满干涸的土地

沧海还是原来的模样

是扬高的锄头

怎样白亮亮的刀锋

把爱情的誓言

锄得寸草不生

2

所有站起来的汗水
比流沙还细腻
望着不胜高远的天空
落满的温婉
相比苦难
我们的爱,更热切得自由

3

意,从天而将
落下在水中散开
如是一朵未开完的花
美是另一种碎开的叶瓣
叶间丝丝淡开的血色
还有一滴一滴
流下来的清雅

4

这婉约的女子
是我的爱人
她怀揣的梦
被我昨夜的拥抱

唤醒
在早晨淡淡的米粥里
清香的味道
一直伏在胸口

5

从一片树叶上
摘下阳光
明媚在掌心的愁结
津津有味地散落
便轻轻拾起
回想起来
多年以后
这安详的林子里
有人来过

6

落下
散落在时间空白处的
那些干涸的叶
怎样舞蹈这离别的笙箫
踏过的风雨
把过往的日子粒粒饱满

是由远及近的感伤
多少不断的悠然存在
高高低低起伏
是不变追赶的脚步
为飘零的时光留恋
为离别的舞者留恋
一点一点
在多年不见之后
想见

7

一路青草
淹没我的脚脖子
每一根都连着
浅浅的微笑
挪不开步呵
其中的清馨
萦绕在耳旁
热热闹闹的笑声
连到山边边
就没有下来

8

静静地，站在林坡边

想零落的枝干

横七竖八地躺在眼皮下

下来的时候

清脆得干脆

静静站在林坡边

看头顶飞过的鸟

我叫不上名字

看着它飞去的方向

是没打算停下来

静静地，站在林坡边

良久才想明白

春天已过去多时

秋色如焰

空山新雨后,天气晚来秋。

——[唐]王维《山居秋暝》

叶子泛着清凉,渐渐来临
一颗果实,滋养在秋的生命里

天空,蔚蓝下
银杏叶黄,枫叶红艳
浓烈的色彩,映衬着
一次深呼吸又一次深呼吸
抬头仰望,滋润的惬意盈满心头
匆匆忙忙的身影,一个老农
坐下来,打量着满地金黄
不禁笑颜,门楣处
老阿婆的一碗清茶
淡淡飘香

枝丫向上，溪溪的泉

和不经意飞过的鸟儿，入画

收获和希望，悄悄来临

展开双臂，在高处

感受着一个季节，硕果累累

那天，我们相遇

轻抚耳畔，风吹落叶

清声秋雨后

一声梧叶一声秋,一点芭蕉一点愁,三更归梦三更后。

——[元]徐再思《水仙子·夜雨》

秋浅,雨处行
山色又连天,碧空明媚
一曲清歌伴舞,一声梧叶
一声秋

秋风,经年
流云缕缕,金黄又纷纷

官鹅的夜

光亮是一种存在
阴影是另一种存在
越是光亮的地方
阴影越是淡然
越是淡然的阴影
光亮越是灼灼

岁月和生命,有约
那融合其中的密码
弥漫着,恩情
矗立的形体,自然
在审视之界,于是
开启奔波的灵魂

官鹅的夜,依然
窗棂上的寂寞
奔跑着,想到色彩
梦醒之时,花开
无声

秋歌

碧云天，黄叶地，秋色连波，波上寒烟翠。

——［宋］范仲淹《苏幕遮》

空中，纷纷扬扬
一叶，宛若灵动的舞者
从天而降，是你的悠然姿态
一树和远山，金色的景线
和内心的欢喜，遥遥相连

农人的笑颜，在金黄的麦尖尖
挥舞的手和黑色的脸，远方的眼眸
成为闪动着的梦，奔腾着步履
秋的歌声，在老人的耳边
响起

秋起，清水泉边
起伏着，和淡雅无关的情绪

浪花飞溅，一种充满感在身体里升腾
明净又纯洁，那时
秋色连波

闭眼，满满的金色
凝望着你，也凝望着我
一树和远山，金色的景线
和内心的欢喜，遥遥相连

月亮，从天上来到人间

祭月

祭，是一樽透明的泪
潺潺的愁肠百结，以信仰之名
虔诚的双手，举过头顶，和天青色
漫过黑夜，岁月灼灼
聚合着，人间的光明和力量

看到，遥远的天象
和人们的追逐，闪耀着
宁静而安详的光，流年之中
一轮明月的传奇，千年又万年
时光是灿烂的星河，一秋如海
清辉，在一碗桂花酒里
呢喃，荡漾

拜月

弯下的脊背，在圆月升起的地方
额前，闪耀着幽蓝色
你沿着光的方向，跪拜
内心的崇拜和生命的渴望，交织相融
记不得，远古的疏影，只有岁月
留下坚定的痕迹

昨夜，有伊人
清风相动，翻开的珠帘
和清纤处摇曳的疏影，凝眸
玉指浅上，一思拜月
一思悠长

赏月

赏，秋分夕月
小小月台，和静静的月饼
连着天上人间的团圆，一曲又凉
和你对饮的故事，遥遥远远
画中古巷，以不是从前模样，那刻
牵动了，你的心肠

无数个日夜，和走远的故乡
一起漂泊，在江河之上，赏月
你的梦里，你的诗章
和你敞开的心扉，连理成枝
恰好，把这平淡的日子
渐渐陈酿

在宫鹅的腹地
生命的精致与厚重
腾越着悄悄的润泽

第四辑　冬

晨起开门雪满山，雪晴云淡日光寒。
檐流未滴梅花冻，一种清孤不等闲。
——［清］郑燮《山中雪后》

松塔

昨夜
雪好大

松枝上的雪使劲下压

断裂的骨端
再盖上厚厚的雪
可以销声匿迹

雪滴成珠
晶莹剔透
落满地银铃
可以亘久悠长

落笔为序
一曲悠扬
哀伤与欢畅
可以弥足珍藏

昨夜

雪好大

有马蹄来访

就在松塔上

写意之生

时间，有限
时间，无限
大部分对时间的矛盾
来了又走
走了又来

写是生的一种方式
在一生中知道活了多久
会觉得这世界难能可贵

雨后，静观
一道风景线

雪思

漫漫雪花飞舞
印落无痕

清逸的瞬间
双眸绵绵于雪身
点点片片
轻轻吟落
好不美景

我站在天空下
心扉轻扬
亦如风雪的轻吟
流溢欢畅

你是飘源的圣思
你是清幽的经典
你是唇边流下的晶莹

拂落我的平静
亦如襁褓的心叶打开
落满恩情

雪
在这个冬天的早晨
读你的爱
读你的恨
读你的倔强
读你的忧情

回家的路
在心里
亦在落雪的方向

雪落的寂寥

山峦皑皑
蜿蜒而上
一夜，玉尘跌宕

手捧一袭白雪
抛洒向天空，鹅毛般轻盈
走在一起的同伴，相仿
季节收敛，在枝条上
显现的四季分明，此刻
长满了胚芽的足迹
晶莹剔透

早晨，断断续续的人们
安安静静地走来
听见，松塔上远远近近
垂落的雪冰凌，满怀欣喜
停下，流连

眼前的清凉，是那个
夏天遗落的深情
散漫着淡淡的香味

想到和风缱绻
告别是一种记忆
那来自冬天收藏的温润
弥散着强烈的心跳
老者手上延续的沧桑
和远途驰骋的过往
季节的雪，满满当当
郑燮在山中
唯，雪后峰峦不可吟
"檐流未滴梅花冻，一种清孤不等闲"
来这里看雪的人们
相视而笑

寂寥，是今夜的官鹅
寂寥，是官鹅的花开
跋涉的艰辛，闪烁着
生命的光华，又如
今夜的官鹅，又如
雪开的花

禅结

你走在路上
不多不少
路在你的脚下
不快不慢
走上你的路
不停不断
你的脚在路上
不苦不哀

你走在路上
不醒不醉
路在你脚下
不难不退
走上你的路
不痴不悔
你的脚在路上
不浮不畏

你走在路上

不显不露

路在你脚下

不坎不坡

走上你的路

不疲不休

你的脚在路上

不喜不忧

你走在路上

不多不少

路在你的脚下

不快不慢

走上你的路

不停不断

你的脚在路上

不苦不哀

雪是春天的花（外一首）

啊
山上的雪
一夜间　化了
其中精致的部分
我无法猜测或是想象
那样精致的部分
请保留她的精致
在心中留下名字
一夜间　化了的雪
满山桃树啊
枝尖尖迸出的花苞
胀满

希望的来临

春天如一朵莲以等待的姿势
来临　桃花朵朵　柳芽依依
春天的叶
嫩了上一个秋天的草梗
卷上衣袖
孩子伸出了一双早春的手
水暖暖的　草泛着青青点点
提裤过膝　脚丫子着地
地暖暖的　阳光泛着香气
柔软的　地上升腾着生机
昨天你取名的那只小鸡
欢跑着朝着你
喳喳叽叽　风来过的快意
也暖得开了怀

时光，在我生命中逝去

1

深夜，谁的哭声
滴落了，你手中的诗卷
生灵醒着，拔节的骨头
生生作响，疼痛
蛰伏在滚烫的胸口，桌边
那本《平凡的世界》，默不作声

2

清晨，淅淅沥沥的雨
在我的笔下，思来想去
山在桥那头，梦在桥这头

此刻，一个人的肩，不宽
看到叶子盛开，和一只鸟飞翔
远远的，没挪开步子
良久，干得疼

3

夏天，以一个季节的离去而来临
谁的离去，不是可待的风景
那天，你没多说一句话
没多写一句诗文，只是
田埂上的绿，又多了些深沉

4

后来，再后来，一小撮阳光里
看到笑容，慢慢地
舒展开来，所有皱纹
发出了同一个声音
沟沟坎坎里，深深浅浅的足迹
一直没停

5

后来,再后来,我合上了书本
把那只遗失了很久的笔
放在乡愁两字的旁边,闻到
母亲的米酒,在我诗文的第一页
弥漫着醉人的味道

雪·阳光

阳光,清淡
雪开的季节

柔弱的七彩光
闪耀的洁白色
眼眸,染了
心间,昂扬的血

姑娘,灵逸的手
采撷,花下
一枚雪

阳光,清淡
雪开的季节
冷香暖了你的唇
晶莹醉了你的形

轻哼的曲调
淋漓着梦

阳光，雪下
流淌着，激昂的血

千山暮雪

渺万里层云,千山暮雪,只影向谁去?
——[宋金]元好问《摸鱼儿·雁丘词/迈陂塘》

又到了,入冬时节

一年之末,酝酿的雪景

在官鹅,叮叮当当的马蹄铃铛里

咯吱咯吱,踏出了声响

默默地望着,远去的山

和身旁的村庄,成为一种颜色

宁静和洁白的雪一样

泛着清香

踩上的脚印,深深浅浅

一层一层地覆盖,又了无痕迹

感受着,凉莹莹的抚慰

那是不是你,晶莹剔透的梦

大雪又纷飞，一个恬静的人

跑了过来，和一段过往

情意绵绵，一座山

一袭飘落的雪

和一段讲述的故事

轻轻遗忘

花，开在雪地上

春雪满空来，触处似花开。
——［唐］赵嘏《喜张沨及第》

从天而降，纷纷扬扬
早来，心里的情绪
满怀欣喜

雪，是一种情绪
在大地之外，想念
白色的形体，清清白白

窗棂，搁着一支红色的笔
写下的唯美，像烟
深深地，合着暖色的光晕
飘落下来

花开在山里，那一个亭子
长满的时候，你笑了笑
没有离开

青色的花蕾，如火的心

1

涓涓细流，和舒展的新枝
搭起一座房子，含苞的花蕾
孕育其中，呜呜，哇哇
哭泣着，向着诞生，开启
生命和智慧，伴随的疼
和爱的天空，一样纯净

2

小风车，洁白的云
花朵，翅膀，欢乐和歌谣
都在，你那小小的世界
昨晚，你又问了星星
还去梦里，问了月亮
一大早啊，把这美丽的答案
告诉了初升的太阳

3

为什么呀，为什么呀
像一只小鸟，追逐着
天真无邪的笑，和小小的认真
疑惑的明亮眼瞳
眨呀眨，温暖了
妈妈的梦

4

咿咿呀呀，绽开的心事
灵动着，告别春天的风
那一粒汗滴，在字间淋漓
路旁的雏菊，亭亭的水仙，是你
喜欢的模样，几许流年
自由和梦想，生长在小小的心间
那时，你用稚嫩的画笔
描绘着缤纷的世界

5

叛逆，自我，成长期
昂扬着，青春的高贵
沉默着你的沉默，自我着你的自我

夜色，不懂你的寂寞
泪是淡淡的味道，如水哟
后来，写满誓言的那棵树，你看过
你读懂了些许真理，和
和那母亲背影里闪烁的泪滴

6

后来呀，时间，还是那个时间
如早春的芽子，渐渐厚实的叶
积淀着，美丽的故事和回忆
伴着跋涉的苦涩，挑灯
夜色皎白，听见流水
龙门，就在前面
你，目光灼灼

雪野，一个寂寥的梦

玉山亘野，琼林分道。
　　　　——［南朝］范泰《咏雪诗》

一片苍茫，一个人
白雪无痕，肩上闪耀的泪滴
在山野之中

大地，如洗
披雪的林木，沉寂在
寂寥的小屋旁边，和潺潺的流水
有一个约定

老人的远方，在孩童的眼睛里
静止的画面，和白莽莽的颜色
爱和情，相偎相依
有一种目光，感人

和清淡的岁月

蜿蜒相接

你和雪山，浅卧

小心翼翼，浅声低语

雨天写诗，和一位拾荒者

雨天，路基一侧小花铺满
朵朵鲜妍连着雨花摇曳
高远的天下，小花无名

一位拾荒者，脚印凌乱
和雨天，或幽怨，或彷徨
欣喜，拾得一件遗弃之物
黏在手掌的污秽和一枚纸币
颤抖着，看到，看到
那聚集在茅屋后的烟火
滋养一个人干瘪的味觉

拾荒，缓缓离去，在街道
在屋后和窄窄的后巷，拾荒
换取，一件抵御风蚀的褴衫
听得见，声声悲咽，湿冷的

冷冷的泪滴，和一首
凄泣晚寒的诗，有约

拾荒者，和雨后云霞无关
伴着村子升腾的梦
渐渐衰老

冬日，划落的晶莹

晶莹剔透，和一双清澈的眼睛
凡尘，和一只鸟，在小桥一端
谁的，回忆幽深

翘首的梦，依着纯洁的目光
在几座村落里，低低地回响
寒冰流水中，岁月巡回
一个老阿婆的呼喊，在炊烟里
连着一个和家有关的名字

林木，浅浅的色调
临水而立，凝固的波澜
显现，动态是一个季节的密码
光影陆离，明朗地积淀着
前行的步履

此刻，晶莹为伴

流水淙淙，呼吸和水声

回应着，你的姿态

那飘零的洁白，带不走一个女子

纷繁的心事

雪和花的界限

年年雪里。常插梅花醉。
——［宋］李清照《清平乐·年年雪里》

初雪，临场
好似拉开的帷幕，抢眼

远方，我的母亲
和小火炉，仰望着
漫天飞舞的雪花
想起，想起那幅年画

屋顶的尘土，深深沉沉
隐没的痕迹，那触手可及的高度
就在屋檐下，父亲低着头
咂了一口烟草，看到那个
锄头反着光

一夜，长出的小冰笋
水晶透亮，风越吹越小
雪，疏疏朗朗，那会
梅花，小语不惊
茫茫的世界，唯你
纤尘不染

一朵朵又一片片
连绵不断的山脉，随着
连绵的不断的想念，回望
那北国的边边，千姿百态
是母亲，勤劳的模样
落了，远方灼灼的衷肠

仰望来时的小路

生命的青寥处

温暖而徜徉

第五辑　蜕变

为生命的存在而抗争

为曾经的绝望而复活

死地是极地是诞生地

勇敢在这个世纪之中

——《告白书》

恩情，和母亲的爱

1

窄小的温情，子宫
孕育，一个人的身躯
欣喜，狂热
凝聚成炽热的滚烫
今生，不悔

2

第一声开口，你的牵挂
和梦的舒展，一样美丽
灵魂，挣扎着，裂痛的过程
母亲，就在你身边
泪水潺潺

4

炊烟，从孕育里开始
你的世界，离不开
五谷杂粮，从此
不在流浪

5

眼睛，和深夜的啼鸣
打开了，走失的真
你就在那里，牵着
母亲的手，相视
而坐，聆听
和爱有关的抚摸

6

灵魂的身躯，住过
最好的房子，就在，就在
血淋淋的怀里，你
藏在心里，良久
不做回答

我走在阳光路上

想把成功的喜讯
报给远方的爹娘
我不去想一路的踉跄
就是有太多的苦难
也挡不住年轻的力量

我走在阳光路上
路上有风雨也有花香
泥土里留下的脚印
渐渐挺起厚实的脊梁
哪怕是一路荆棘
也要风雨兼程向远方

我走在阳光路上
像水一般纯的爱情
流溢出潺潺的芬芳
世俗挡不住真情

多少牵手一世的姻缘

在平淡里写满清香

我走在阳光路上

任寒风冷雨袭来

我不会改变行走的方向

我和很多人一样

骨子里装满了倔强

却也不会屈服在路上

我走在阳光路上

前方的路千万条

都需要用脚步去丈量

我不会太多的憧憬和希望

既然选择展翅翱翔

就会义无反顾地勇敢直上

我走在阳光路上

生命的精彩

由我来绽放

一路的阳光

一路的欢唱

一路的足迹

一路的奔放

走在阳光路上

孤独，美丽的诗歌之海

眼前，一副斑驳的书架上
横七竖八的形体，矗立着
宁静，燃起的骚动，发现巨人
就站在面前，目光如炬
赤裸裸的，抽打着
你内心的兽

你的手，伸向沟壑起伏的大地
抓住一把遥远的骨头，和风的叫声
那惨烈的局面，闪耀着光
想起，岁月之初，奔跑的方向
孤独之夜，绽放的霞红
是不是另一种孤独
做下的春梦

行走，来源于岁月的波动
在你的周围，爬满孤独者

看到，世界的两极，有你的面孔
和陌生的足迹，生命是小小的宇宙
那骨节里翻腾的滋味，摇晃着
你看不见的悲愁

空洞，就在眼前，和孤独有关
DNA 的密码，静静地聚合，然后交汇
一个灵魂的诞生，和肉体相逢
是开始的人性，还是结束的爱情
你在路上，触摸着，伤痛的背面
那撕裂和疼痛，成为一种象征
很多时候，沉默不语，后来
你说，孤独活着，你活着
孤独死了，你便
长成孤独的模样

思想，是一张打开的网
坦白的，平静着
网的一面是白昼
网的另一面是黑夜
连成的结节深处，裂生
一个灵魂者，静静的孤独

一个老兵的深情

他的目光，看一座城
那时烽火熊熊燃起，今天
平静而悠然的林木葱葱

坚硬的堡垒，还在
前倾冲锋的姿势，还在
浩荡天空的飞鸟，还在
他攥紧拳头，那胸膛里涌动的力量
像一只涅槃的凤凰
依恃着火焰，磨亮前进的锋芒

他的眼神，像子弹盛开的火焰
高地上的匍匐，血流和呼吸
合着激昂的号角，一次一次
召唤着，翻越生命留下的关口
他奋勇无息的英雄
是沉默和坚韧的岁月见证

血雨腥风的姿态在他的胸前
和一枚战斗的勋章紧紧相连
和平，紧贴着炮火划出的弧线
信仰和意志布满苍茫的大地
擎起的旗帜义无反顾在天空下
铿锵飘扬，他的坚守
在那场骄傲的胜利后
热泪盈眶

我看到，那个在公墓里守候的人
是一个老兵，农民的儿子
他的同志，他的兄弟
离不开他的呼喊，直到现在
开的每一束花，落的每一片叶子
和他的冷峻的深情，一起
深深扎根，那与命运相关的土地
相亲不弃

站立在喀喇昆仑前哨

1

这一关卡
战士们在雪山和白雪间
光芒照在脸上
黝黑黝黑地融化
年轻的足迹
起伏连绵的冰峰

那干裂嘴唇里的血丝
深深地凝固，纹丝不动
我看到了星空和它闪耀的战栗
那冷峻的眼神里迸出火焰
开着美丽的颜色

2

鲜嫩的青翠

枝茎饱满,发出骄傲的气味

这初夏的食物

要走到隆冬的哨楼

那雄赳赳的征途

伴着伊人纤手的祝福

一路芳香四溢

3

小马看见

老马就雪山的前面

看见他们

他就找到了方向

4

是谁奔腾在山坳里

那一言不发的宁静

嘶喊着穿过一条枪的准星

白茫茫里翻滚的人

一如往日,一望无际

往上爬,再往上爬

年轻的士兵踩着
丰盈少女般的岁月
瞄着一棵没有发芽的树
喜笑颜开

5

集合,在山峰之上
猛烈的哨音,急促响亮
像一场战争,每一个红细胞
都是安静的风暴,谁的惊艳
是一只飞不过雪山的鸟

他的喀喇昆仑
他的英雄世界
他心中的鸟

6

昨夜,一轮圆月
在暴风雪的风浪中
高高地挂在雪山顶峰
丝毫不动,还有一双明亮的眼睛
远方深情的思念,是不是
梦里佳人的笑颜,一半坚守
一半幸福

7

早上，手捧着一方白雪
狠狠搓在脸上
红红的线条和呐喊
那紧绷的肌肉慢慢聚拢
闪出明亮的锋芒

敏捷的动作
在那里，迎着
爬过雪坎上来的太阳

连长，命令
验枪

8

和白雪一个模样
伏在那里，一动不动
没有人发现你的目光，像狼
很久，很久
你的身影，烙印在大地之上

高原的神鹰呵
你飞到那里
都有人认出你的雄壮

9

你的目光与它相遇
在高处,更高处
欣喜若狂是你的忠诚
血液和骨骼吱吱作响
高高举起的敬仰

这块石碑,至高无上

10

坚定的脚步
在吃不饱的氧气里漫步
这美丽的开始
谁都离不开谁

来你的世界
触手可及的死亡
读懂你的存在
才敢站在你的胸口
赫然屹立

11

夜晚，冷艳的冰纱

跳着欢快的舞蹈，轻盈在

年轻战士的肩膀，额头

棉帽上的颜色，睫毛上的冰霜

谁分辨得出？他们的面容

闪耀着高原的光泽

看着星辰闪烁的模样

温暖的笑容，流淌在

坚硬如钢的哨楼

在紧紧的拥抱里，坚守的信念

一颗执着的心，深深长在喀喇昆仑的腹地

12

冰天雪地升起五星红旗的地方

白色的冰凌瘦骨嶙峋和举起的右手

遥遥相望

朗朗地在苍穹下优美扬起

那歌声里奔腾的旋律

伴着奋起的号子

铿锵如钢

13

向前，再向前
乔戈里①的颜色没有变
尖细的肺叶，喘息的火焰
跋涉的架势，挡不住
向前，再向前

蓝色的天空下
淡淡的细流，绵绵不绝
流过绿色的田野

---

① 乔戈里，乔戈里峰是喀喇昆仑山脉的主峰，海拔8611米，是世界第二高峰。

丝路花雨之大国有梦

2013年的秋天,习近平主席西行哈萨克斯坦,南下印度尼西亚。他先后提出"丝绸之路经济带"和"21世纪海上丝绸之路"的伟大倡议,展开了21世纪最具开放与合作的宏伟蓝图,勾勒出几千年前"使者相望于道,商旅不绝于途"的辉煌画面。

——题记

1

千年,未曾埋没又呈现
凿空万里的行踪,只为
风尘里那袅袅香火的交融
岁月流沙,大漠孤烟里
留下筚路蓝缕的鸿影
一川碎石,长河落日中
映落着弯弯曲曲的声声驼铃
生命的彩绸沿着胡笳的笛鸣
孕育着干戈化玉帛的风景

2

长安一曲,跋涉的足迹

牵动着遥远的眺望

异国的情愫和文明

载录着千山万水

那伊犁河畔的细流

镌刻着驼峰里绮丽的刺绣

是寻路者马背上的信仰

亘久地铭记在历史的咽喉

3

世纪清隽,世纪清隽

是天山南北的遗迹

述说着倾尽一生的渴求

和平的执念,迎着轻弦合掌的沙丘

绘成感动世界的画卷

世纪清隽,世纪清隽

崛起的光明,东方的图腾

是绝地上的另一种重生

如火如荼又怎样连着寂寞的回音

太多的生命凝固成历史的沧桑

那沉默的墓志铭,印刻着寻寻觅觅的忠诚

累积成今夜华夏的歌舞升平

4

世界很小，一人，一路，一帆
于是，那颗斗大的泪滴里
闪耀着一个新的神州
发展的烈焰，燃烧着
擎起的变革之心，在世界
连通的新时代，桑田大地
绘出和平发展的绿洲

5

天堑变通途
羊皮卷尘封的沧海
被一盏叫文明的灯照亮
开放，一把神奇的钥匙
打开阳关后的云霞
烽火台下的五彩哈达
印落着葡萄美酒里
幽香的芙蓉花

6

波浪的风帆
飞鸟兼程的双翼

掠过雄心的海天螺号
茶香缭绕，瓷乐笙箫
波涛汹涌下，日月之行中
只为那拈花一笑

7

艰难的步履，面对
时间的恩重如山
合着灼热的森森白骨
在相续的事业里
找到文明的遗志
贯通未来的路，同向在思想顶峰
伪善给不了答案，拥挤在同一条峡谷
生命站在原地，往事里的伤痛
走不出英雄的微笑
宽容在坚定的彼岸
路向天下，时代的远景
那风雨兼程的人，讲述一段
岁月的历久弥新

8

多少年的战火，犹在耳边
前行，闪耀着使命的乐章
成为一个民族最坚定的意志

9

一扇门，开启的大象
接纳着微小与博大
是陆地与远洋
交织着仆仆厚重的诗章
一曲动人心魄
一副千古留香

10

瞭望浩荡以至远
慷慨悲歌以思变
站在又一个历史起点，山河
清流，惠风涤荡
奋进中最美丽的正气
接纳着大秩序的到来，和平
依然是纵横交锋的主角
那环绕着华夏升腾的焰火
交辉在苍穹四野

阳光之高处

湛蓝，于人群中
不露声色，活着
自己的模样

高处，一只雏鹰
俯瞰荒岭
一支孤叶，划过
黑色的眼瞳

阳光，离我很近
风来，雨往
看到，孤独的海子
宛如明镜

满地开花的
一支骆驼刺，和沙子
写出的诗文，晒在
阳光里

高处，一个梦的信息
若影若现，传递着
某个名字，或者呼吸

你在，阳光里
没有听见的样子
在高处，晾着

远行，和一场花开有关

1

远行，是收起双足的鸟儿
飞翔着，看到阳光，大海和土地
羽翼悠然，无声
起起落落，和满目葱翠
入画，生命的底色

后来，你说
一个人，远行
和一场花开有关

2

站台上，焦急等待或欢畅
明媚忧思或彷徨，寻觅
又难忘，那一段岁月的足迹
熠熠作响

远方，一个人的风尘

染上一座城的颜色，绿肥红瘦

不妖不艳，是不是你的初衷

3

那一刻，发现，发现

所有，生灵挣扎撕裂的痛

成为风景，美就在那里

炼狱，你看他的眼

他看你的心

4

隧道入口

一丝光亮闪过，黑色，很纯

做一个梦，隧道出口

看到，丰满的山峦

和零零起落的村舍，还有

一只羊，散漫的心事

宠辱不惊的样子

昆仑山下

窗外，哗然而下的雨
一直没停，想到战友
像世纪一样长
昆仑山冻土层下的眼泪
被风掀开
其中最坚硬的一滴
默默无语

这淡白的月
被零落的雪
划出了一道口子
流出的深情
圆了万家的灯火

我屈下双膝
叩首于一座山
面对挺拔的脊梁
和宽阔的胸怀
任情感肆意地流淌

细雨纷飞的时节

凝望，凝望着
虔诚而善良的人
像入夜的海水

细雨纷飞，和着
湿漉漉的，目光
一段浸透的碑文
映彻下的仰望，倾尽
胸腔里忧郁的河流，于是
叮嘱，饱含着
历经劫难的力量

雨中站立的人，坟前散落的花
哀思沉沉，土地
凄凄而又沉重，深深地
鞠躬，双膝向着大地
本能地，心迹袒露在这里

大风悠悠，翻涌的云头
匿迹在，莽莽的时间之海
忠诚，如诗
烈焰熠熠

人间，五月五
艾草香囊，粽情曲赋
不知，潮声抚平的伤痛
可知《离骚》，是你的心思
右手执笔，身后扬起的衣衫
翩然如惊飞的鸿雁，穿行
流年，千舟竞激，弄潮儿
浪花飞溅，高歌回响
落了青云志

躬身，敬一杯皓皓岁月
那潜藏在竹简深处的滚烫
升腾着，温润的记忆
喂养了千年后黎明的曙光
一群孩童欢快的脚步
合着登上高处的欢笑
渐行渐远

火线里的生命之殇

一场森林大火,犹如死神之手,所掠之处,生死相隔。那是年轻的战士,鲜活的生命……

——题记

1

进山,惊雷巨响

浓烟,裹挟着热浪

大火,炙烤着身躯

窒息,窒息在那里

喊不出战友的名字

快跑,快跑啊

我的兄弟

2

爆燃，危难之时
烈火熊熊，你闻不到生的气息
烟雾升腾，高空
撕裂的疼，泪水潸潸
打湿不了，那一场生死考验

3

来，赌命
火在眼前，看不到黑暗
你向前奔跑，又回头
来，赌命

4

黝黑黝黑
是你的模样，还有
还有你细腻的心肠
火，你不怕
你是英雄，也是父亲

5

没说出口，心底喜欢的姑娘
有多久，是一场火的等待
天各一方，永远
没说出口，心底喜欢的姑娘
你可知，烈火之中
爱慕的情郎

6

峭壁之上的呐喊
集结着，冲锋
沟壑之间，愈演愈烈的悲痛
深处，生命停留
凝集着，灼灼不变的信仰

7

阳光灿烂，那熟悉的三角梅
沿着路旁花开
那可是你的笑容

激荡的不会泯灭

一顶青绿色的帐篷
立在天青色的海拔之上

呼啸而过的剑锋
俯冲的姿势，在胸膛里
奔涌地进攻土地，一寸一寸
拉进怀里的意志
风吹不倒，雷打不动

生命是一块钢铁，谁的捶打
响彻戈壁的驰骋
又在无边无际的沙尘中
盛开，绽放疯狂

咄咄奋勇地向前进发
那玉门关飞将的汗血马
长天仰啸，声动四野
冥冥之中接受一种苍茫

疏疏斜斜的脚步呵
这样不眠而语地向前
跳跃的灯光是来自
远方窗前的思念，还是
胸膛之上涌动的柔肠

闭上眼睛
心朝着来时的方向
在骨子里喷薄而出的生命信仰
潺潺流过，这苦寒之北
饮一杯狼血，便能生出
狼一般燎原的眼睛
是怎样翻滚的旌旗
汹涌而来，把长刀和弓箭颤怵
多少年，这土地上盛开的
无边无际的牡丹花
铺天盖地，热烈着

想到，父亲
提一壶老酒，是与我对饮
他的沉思，我不敢猜想
他走出门房，目光闪烁
面对那天青色的夜晚
一只手掩在胸口的地方
我站在他身后
和他一样久久地仰望

手捧父亲的勋章

发现眼前的山峦越来越高

发现眼前的原野越来越长

那些枪声就在山坳里

就在原野的北面

我看到冲上去的刀锋

一直在向前，向前

我看到帐篷后

摇着脑袋的向日葵

摇了一个秋天

哪一座山峰

我叫你呵，你能回答

那与我同生共死的弟兄

在这山峰之间

定有一次誓言

忠诚能流进我们的骨血

然后相融成划破长空的利剑

哪一座山峰

我能轻易呵

叫出你的名字

在这山峰之巅

定有一次呼唤

让我胸膛激荡的热血

盛开在这美丽的土地

蜕变之生

无声无息
张牙舞爪
在土地紧皱的毛孔里
孕生

生的呼吸
在黑夜里急促

一只蝉
在黑夜里蜕变

一只蝉
在黎明里的喉咙里
蹦出
沿着夜的发梢蠕动
瞬间,破壳
颤翼

心中奔流的钢
和手里攥紧的枪
从不分离

掰开,翠枝
显眼涌动的红色五角星
人称你,红军杨

清明时节
总有人来你的身旁
仰望

愿望

八月，十五

小孩
把五个小指头伸得老高
然后使劲地握拳，他说
月亮在手里

小心翼翼打开握紧的拳头
发现什么都没有
他开始重复动作
直到什么都没有

小孩
把五个小指头伸得老高
然后使劲地握拳
奶奶说，月亮在手里
然后打开握紧的拳头

迷彩色

铸造所有血性的冰骨

取锐成锋

点击所有怀情的沙漠

子弹上膛

瞄准所有欲望的豺狼

一触即发

形体之问

凝结的灵魂，于心
或皮囊，于夜晚
战战兢兢

忠诚处，坦然
或诚挚，黑暗
或卑劣，存在欲望处
安放忠诚

灵魂的所在
安心，自不会散漫地逃亡

可怕的理智和情感
在生命的归处，躁动不安
时间，一念或是脸
精致或是野蛮

生命和灯，开启
孕育是一种痛，多数的孤寂
谁又无法自拔，谁又悄然而过
只是，大部分时刻，和梦想
毫不相干

3

想到红颜，一丝笑声，滴着下来
你，愣在那里，伸出虔诚的双手
捧着绽开的血色，发现爱情
像风雨后的花，格外地艳
那时，美丽的光环
越发有力

4

一个小孩子，目光落在那里，干净的
这一段文字，逐字逐句
书本是蓝色的，对于未来
伫立在那里，小小的足迹，向上蹒跚
你是一只鸟儿，你的翅膀
划过天空，努力着，飞翔

5

渴望，是一种存在
赤裸裸的忠诚，赤裸着
赤裸裸的欲望，赤裸着
你，站在街头巷尾
大声地呼喊，撕心裂肺的样子
你鼓起勇气，发现，从头到尾
都是生活留下的痕迹

活着，看到一种病态

是药治不了的病
疼痛的撕裂的肉体
多么虚弱
多么虚弱
不在表里的深入骨髓
病危的诊断谁来把脉
药单呆滞的目光
救，谁的命

是药治不了的病
疼痛的撕裂的肉体
多么脆弱
多么脆弱
可怕的病在骨髓里可怕的疼
不安的恐慌各种各样
不安的姿态纠缠着厮打着
善良的人们在车水马龙前
呼喊着新生的欲望

是药治不了的病

疼痛的撕裂的肉体

善良以什么样的

方式在伪善里奔腾

斗争的细胞厮杀在一起

答案，恍如隔世

是怎样声嘶力竭地蔓延

是药治不了的病

疼痛的撕裂的肉体

死亡不是世界的痛

晨光中没有颜色的背景

大街小巷

是药治不了自然的病

太阳初升，怎样淹没

月亮初升，怎样陨落

天空的惊雷怎样击碎孩童的

睡梦又湿了那不经事的眼瞳

大地的震动不停

是不是受伤的口子

和人们的病一样疼

颤抖的折磨

来刺激逝去的残忍和不安

不忍是自然的不忍

是药治不了自然的病
暴雨来时连一丝都不挂
猜想这样的水多么狂妄
于是我看到的时候惊叹
惊叹形态和力量
于是我多么地想把伤痛冲走
而冲走的不是我的伤痛
人们来过
留下的泪无可挽回
人类的巢穴是怎样塌陷
鸟的巢从树上跌落
停滞的堤坝被一只鸟撕裂
盛开的和枯萎的同时泯灭
欢乐的痛苦的都死在水中
暴雨和水
谁的黑手
又伤着了谁
一群乌鸦来打扫它们的战场

是药治不了人的病
看到了世界的颜色的眼睛
被乳儿的乳汁喂养
以一种宿命的方式轮回
丰满的乳儿多么纯洁
这纯洁一直在乳儿上
和纯正的血一样干净

是药治不了人的病
看到了世界的颜色的眼睛
被乳儿的乳汁喂养
劣根在脑子里长虫
吃人的虫在人的脑子里
长得很欢生

是药治不了人的病
闻所未闻的病
痛得残废的病，在眼前
不得让人安稳的病，在人的身上
疼痛的撕裂不走
不走还有那清醒和不清醒的肉身
不走还有那活着和死去的灵魂
天空的云清淡
晴天的雨无形
生命向何处萧然
无法存活的思量
在晨光的世界里渐渐消亡
是药治不了人的病

大地之殇

2019年6月17日22时55分在四川宜宾市长宁县（北纬28.34度，东经104.90度）发生6.0级地震，震源深度16千米。

在这里，风和日丽
夏日的气息，美丽动人
画笔的斑斓，在温柔的灯光里闪动
合着远方归来的鸟鸣，拨响的摇篮曲
恬静，是一个婴儿水灵灵的眼神

昨夜，昨夜
大地，撕裂着，一个安然的梦
惊恐的生灵，捧着血淋淋的伤口
和一滴无法救赎的泪，撕心裂肺

昨夜，昨夜

大地，颤抖着，地震的梦魇

生或死，命悬一线，这座长江小城

悲泣是昨夜，剧烈的风

悲泣是昨夜，裂开的冷

夜晚，在夜晚

诗人说"你又入我的梦，这回却带着笑

无关那场颤动的惊慌"

生命的悲壮，蛰伏在胸口

命运，俯下身体，亲吻了

你的额头

夜晚，在夜晚

和弦儿在聚散的霓虹中

五颜六色的梦，就在那里

漆黑的夜，呼救

一个人的命，抓紧

时间的绳，血色的眼窝中

充满力量的双手

面月而坐，十指合掌

你若安好，便是晴天

战斗

进攻纵深，找不到你的兄弟
地境，还没有突破口
冰凉的扳机，眼睁睁看着一颗子弹
在那里滚滚发烫

警报响起，谁的闪电霹雳
一支伞花如箭，突击降落
生与死，在迂回中前进
心跳包围着脚步，双眼如炬
手语，定格在大脑记忆的部分
疏散，刻不容缓

匍匐，爆炸声响起
调整标尺，目标锁定
弹道射出的尾哨
叫嚣着火力阻击
破袭灾难般降临

密密麻麻的火药味

落满大地，连续攻击

颤抖的生灵，白是黑

黑是白的另一面，硝烟战场

谁的主宰

冲击

冲击，血还有血色

战士的手，暴露的筋骨

弹火烧灼的嘶喊，插进

干涸焦糊的麦田，嘶喊

生命的世界，火力在那里

咄咄放肆，死亡或者幸存

成为战斗的一种方式

炸开，像刀一样锋利的枝条

穿过战士的腿，那钢铁般的骨头

看着一支镊子夹着药棉

擦在血淋林的伤口

谁负责你的体温

你的呼吸，你埋进土里

睁不开的眼睛，裂痛贯穿身体

还有烧伤后焦黑的

硬生撕裂的高地

炮火覆盖后

滚起的浓烟张牙舞爪
惨烈和冷漠
在那里仗势欺人

冲锋
冲锋，这样形势
你的想象，你的灵感
生长出的密码
沿着信息的触角
抵达联合战场
战斗，落点精度不偏不倚
我，来不及埋掉
我的战壕

撷一枚弹痕，默默洒在
流血的伤口，向着奔流的火种
乘势滚进，熊熊燃起的旌旗
眼泪喷涌而下，找不到
那双扼守的眼睛
摸了摸脚下的土地
还在

血骨之剑

1

冰雪从伤口的伤处往里钻
止不住的血就往外冒
染满了手
你在凝聚的血冰之上
升起一张红色地图

2

卧倒不是倒下
目光,在迅雷之间
转身出击
爆发是膨胀的碰撞
让敌人粉身碎骨
英雄的钢刀
立起脊梁

3

来的来，走的走
独自在山头，黑夜
这仰望的姿势如弓

4

看吧，春天里的韭菜
要熔化到铸剑的炉
百千次的铸炼，怎够
一把惊世的剑
用什么样的方式斩断
血液，一直在呼唤

5

血淋淋的耳朵
在战车里，立着
你捂住撕开的一半
钢铁张开口
不敢动你
你用狼一样的眼睛
一发命中

6

手术钳
从骨缝里取一颗子弹
取子弹的时候把肌肉分到两边
取出时你满头大汗
子弹是红色的，很烫
护士小声讲
刚上的是盐水不是麻药
忍受像半个世纪一样长

7

直是直，方是方
棱角是战场
生命是一种色彩
一路上色彩斑斓
在荣誉中催生力量
向着光明的方向

8

刺刀和枪
守住，回家的路
你，目光闪烁

9

石缝里的回旋热浪
一波一波，三天三夜
你战斗到石山之巅
那无名的高地
有了乳名

10

像松在崖壁上潜伏
散开的姿势聚合连贯
每一片叶是一双眼睛
瞳孔中发射出的光
是一匹奔腾的马
向着沃野的方向

11

赶在战争来临之前
让躯体保持一种姿态
让出手的刀子
子弹或是弹片
长上眼睛
敌人在那里
就那么狠狠一下

12

战斗到最后的不是躯体
一颗火种
点亮,华夏之光

13

你,亮出了一把剑
炼铸了,五千年
潜藏的光芒
灼灼如焰
剑出鞘腾空而起
深深刺在忠诚之间

蓝焰之光

是蓝焰的火焰喷发的
对于战士来说
存在于蓝焰光的之下的
骨头多么坚韧
这骨头上映射的灵魂
让我站直了接受使命

晨光中
我的前排
肩膀之上承载的被蓝焰的光
照射的意志
被红色的血,唤醒
我在我的国家
我的前排的骨头
深深处于坚定的意志蜕变
能看到太阳的眼睛
能感觉到大地的呼吸
蓝焰火下的种子
滚滚发烫